65   vergriffen   14.—

Kleine russische Bibliothek
Herausgegeben von Johannes von Guenther

Wsewolod Iwanow
Die Rückkehr des Buddha

Wsewolod Iwanow
Die Rückkehr des Buddha

Deutsch von Erwin Honig

1962

Verlag Heinrich Ellermann

Hamburg und München

Erstes Kapitel

Vom Geschirrwaschen und der Erzählung des Dawa-Dortschji über die dreihundertste Erweckung des Siddharta Gautama, genannt Buddha

»... Ein Buddha erschien in unzähligen Gestalten und in jeder der unzähligen Gestalten erscheint ein Buddha.«
Inschrift auf einem Stein, aufgestellt bei Peking im 1323. Jahre, am 16. Tage des Dritten Mondes.

Der Kessel ist hart an die Ofenröhre zu rücken, das Holz weit von der Ofenwand zu schichten. Die Flamme züngelt dann hoch, die Platte erwärmt sich rasch, die Kartoffeln sind in sechzehn und einer halben Minute gar gekocht. Man muß sie rasch essen, möglichst mit der Pelle, und in dem heißen Wasser zunächst die Hände waschen, dann das Geschirr.

Heute sollte der Professor das Geschirr nicht waschen. Kaum hatte er die Finger und sogar die Hälfte des Handrückens ins Wasser getaucht und begonnen, sich die Nägel zu bürsten, ertönte die Klingel.

»Warten Sie!« schrie der Professor.

Er schöpfte Aschenreste in die hohle Hand und rieb kräftig den Boden des Tellers. Wieder ertönte die Klingel.

Professor Safonow zog die Brauen hoch.

»Ich bin kein Arzt. Ich muß das Geschirr waschen, um den Ofen nicht noch einmal heizen zu müssen. Warten Sie, Bürger!«

Im Bauche des Professors verbreitete sich angenehme Wärme von den Kartoffeln, die Hände befanden sich im weichen, warmen Wasser. Er rieb das Innere der blauen Schüssel. Gegen die Türe schlug es hart, kräftig, nicht hungrig. Der Professor wurde unruhig.

Bevor er den Türriegel zurückschob, setzte er die Pelzmütze auf und zog den Pelzmantel an.

»Man hat erst vorgestern, nein gestern, verzeihen Sie, ich hab' es vergessen, Haussuchung bei mir abgehalten. Haben Sie einen Haftbefehl?«

Hinter der Türe antwortete es gemächlich, doch laut:

»Ich will zu Professor Witali Witalijewitsch Safonow in einer persönlichen Angelegenheit.«

»Sofort!«

Der Professor hielt mit der einen Hand seinen Mantelkragen zu und schob mit der anderen den Riegel zurück.

»Der Arzt wohnt eine Etage höher, ich bin ...«

»Ich will zu Ihnen.«

Ein Mann in Soldatenmantel und Mütze, wie sie im Jahre 1918 jeder Mann in Rußland trug, durchschritt rasch den Vorraum und betrat das Arbeitszimmer des Professors.

Der Professor kam nach und sagte schnell:

»Ich bin gewohnt, zu hören und sofort aufzufassen. Wenn Sie Mehl oder Kartoffeln zu verkaufen haben, sagen Sie es. Sie können den Mantel ausziehen, der Ofen hält vierzig Minuten warm. In diesen vierzig Minuten wird bei mir nicht gesprochen, ich nütze sie zum Lesen oder Schreiben aus. Ohne Mantel. Setzen Sie sich!«

Der Professor griff wieder nach der Schüssel. Der Soldat trat heran.

»Ich höre zu, Bürger.«

Mit einemmal schob der Soldat den Professor sanft beiseite und tauchte seine Hand in den Kessel.

»Die Kartoffeln sind alle, ich habe sie aufgegessen. Jetzt wird Geschirr gewaschen, Bürger Soldat.«

»Verzeihen Sie, ich hab' darin mehr Erfahrung.«

Der Mann schlug die Schöße seines Mantels zurück, offenbar um die Wärme unmittelbar an den Körper zu lassen, und ergriff rasch die Schüssel.

»Mein Name ist Dawa-Dortschji, Bürger Professor, ich stamme aus dem Aimak Tuschutu-Chan.«

»Mongole?«

»Ich werde mich möglichst kurz fassen.«

»Ich wiederhole, Bürger Soldat, für vierzig Minuten ist es ratsam, die Oberkleidung abzunehmen.«

»Danke sehr. Ich habe sie seit zwei Wochen nicht abgenommen.«

Der Bürger Professor und der Bürger Soldat ziehen die Mäntel aus. Der Bürger Soldat wäscht, unverständlich aus welchen Gründen, das Geschirr des Professors. Professor Safonow sitzt im Lehnstuhl ihm gegenüber. Der Soldat hat schmutzige Backen, einen äußerst spärlichen, gleichsam ausgedörrten Bartwuchs und Augen schwarz wie japanischer Lack. Ferner verzeichnet der Professor die scharfen Kehllaute der Stimme.

Das Geschirr rasselt. Der Professor schließt sorgfältig die Ofenklappe.

»In Chuchu-Choto erschien, man wußte nicht, woher er kam, der Einsiedler Zagan-Lama Raschi-Tschjamtscho. Nachdem er eine bestimmte Zahl von Wundern in der Stadt vollbracht hatte, verschwand er in die Berge. In den Bergen, Bürger Professor ...«

»Witali Witalijewitsch, wenn Sie die Güte haben ...«

»In den Bergen, verehrter Witali Witalijewitsch, siedelte er sich zum Zwecke eines heldenmütigen Lebenswandels beim Felsen Dungu-Choda an und verbrachte dort die Zeit mit dem Lesen der heiligen Bücher, half den Menschen, die Gesetze Buddhas zu befolgen, und wachte eifersüchtig über die Vervollkommnung seines Geistes. Bald breitete er die in Gebetsstellung gelegten Arme aus, und im Jahre des Rötlichen Hasen ...«

»Also ungefähr 1620?«

»1627, verehrter Witali Witalijewitsch ... in diesem Jahre errichtete er einen Tempel in Höhe von fünf Zsjan im Tale des Aimak Tuschutu-Chan, am Berge Baubai-Bada-Rachu, an den Quellen des Flusses Ussutu-Golo. Er selbst mauerte sich zur Herabflehung des Heiles für die Lamas, Chuwariken und alle beseelten Wesen in den Felsen Dungu ein und verlebte daselbst sieben Jahre, nicht allein im Ertragen dieser schwierigen Leistung, sondern auch hilfstätig für die Menschheit, sich Buddhas Gesetz und Lehre anzueignen. Er starb im zwanzigsten Jahre der Regierung Schuno-Tschjis, nachdem er etwa dreißig Jahre der Betrachtung geweiht hatte. Seine wichtigsten Schüler Zagai-Dajtschi, Tschachar-Dajtschi und Erdeni-Dajtschi, die seine Zelle mit würdiger Andacht entmauert hatten, fanden nicht die Knochen des Zagan-Lama Raschi-Tschjamtscho, teurer Professor, teurer Witali Witalijewitsch, sie fanden dort eine vergoldete Bronzestatue, den Burchan* Siddharta Gautama, genannt Buddha. So vollzog sich auf Erden die dreihundertste Erweckung des allerhöchsten Lamas Sakija, des ewigen Retters der Geschöpfe und Spenders jeglicher Tugend...«

»Herrlich!« rief der Professor aus. »Diese Legende habe ich noch nie gelesen. Herrlich! Gestatten Sie, daß ich sie niederschreibe. Es war, Sie sagten doch, Bürger Soldat, im Jahre des Rötlichen Hasen...«

Dawa-Dortschji trug die Schüsseln zum Spind.

Der Professor zog einen kleinen Tisch an den eisernen Ofen heran. Die Tinte war an der Feder wie Pech angefroren. Der Professor schrieb nicht, er rührte mit der Hand an die Bücherbretter und sagte:

»›Lavisse und Rambaud, Geschichte des 19. Jahrhunderts in acht Bänden, Verlag Granat, Moskau‹ ... ferner hier ›Der Hof der Kaiserin Katharina II., ihre Mitarbeiter und Untertanen‹, wie neu erhalten! Ich könnte sie für ein halbes Pud Kartoffeln eintauschen. Beachten Sie, jemand anderer, der einen

* Mongolische Bezeichnung für Buddha oder Buddhastatue

größeren Bekanntenkreis hat als ich, würde sie nicht zu so niedrigem Preis abgeben, um so mehr, als in revolutionären Epochen erfahrungsgemäß das Interesse für historische Literatur wächst...«

»Die Besitzer des Aimak Tuschutu-Chan«, erzählte der Soldat, die Worte dehnend, weiter, ohne den Professor anzusehen, »hüteten vom Beginn an mit der schuldigen Verehrung den Burchan-Buddha. Die Einfassung der Ränder seines Gewandes besteht aus reinem Golddraht. Desgleichen sind die Fingernägel vergoldet...«

Der Professor legte den Bleistift hin und schob die Feder beiseite. Hungrig blickte er nach den Bücherbrettern.

»Was kann ich Ihnen noch anbieten, wenn Sie Bücher nicht wollen? Sehen Sie selbst nach. Wie hoch ist der Geldwert von Kartoffeln?«

Der Soldat schüttelte verneinend den schlecht geschorenen Kopf. Der Professor warf die Frage Mehl auf. Der Soldat besaß weder Mehl noch Brot. Die Kinnladen des Professors begannen zu zittern. Beide Männer zogen die Mäntel wieder an, denn die vierzig Minuten neigten sich ihrem Ende zu. Der Professor sah zu Boden, in Erwartung, daß der Soldat ihm die Hand zum Abschied reichen würde. Die

Hand des Soldaten Dawa-Dortschji war behaart, kräftig und schmal. Im Flur der Wohnung erzählte er ruhmredig:

»Im Aimak Tuschutu-Chan, Witali Witalijewitsch, besitze ich dreitausend Stück Vieh. Verstehen Sie mich? Während der Revolution hat sich diese Zahl wahrscheinlich verdoppelt. Meinen Sie nicht? Damals, im Jahre der Auffindung des Burchan-Buddha, wurde im Sande ...«

Der Professor blickte auf den abgewetzten Kragen des Soldatenmantels, auf die eingesetzten Flicken unter den Achseln und dachte mit Ingrimm an die dreitausend Stück Vieh. Er erinnerte sich an die warmen Schafpelze, die er früher in Sibirien gesehen hatte, schob den Riegel zurück und murmelte undeutlich:

»Jawohl, Bürger, gewiß, ich werde Ihre freundliche Mitteilung, Ihre ... Legende aufzeichnen. Ich bin zwar nicht Spezialist für die Mongolei, treibe solche Studien nur als Dilettant, aber unzweifelhaft ... Heute komme ich allerdings nicht mehr zum Schreiben, es ist zu kalt. Ich schreibe morgen, vielleicht auch heute abend, wenn ich noch einmal heize.«

Die Schöße des Soldatenmantels flatterten. Unten hörte man Holzscheite über die Steintreppe knirschen. Ein Hausbewohner schleppte Brennholz in seine Wohnung. Dem Professor tat der Mongole plötzlich leid. Er rief ihm nach:

»Auf Wiedersehen!«

Dann saß der Professor, über dem Mantel noch eine Decke um die Beine gewickelt, da und dachte an Feuerung, Kartoffeln und Geld. Wieder kamen ihm die dreitausend Stück Vieh ins Gedächtnis. Es fiel ihm ein, was er dem Mongolen hätte antworten sollen. Gern hätte er den Finger unter der Decke hervorgezogen, gedroht, doch der Mongole war nicht mehr da. Sein Kinn zitterte, während er räsonierte:

»In revolutionären Zeiten soll man zum Zwecke der Selbsterhaltung zu Hause sitzen. Wenn aber eine Mobilisierung stattfindet, soll man unverzüglich nach Hause gehen und nicht ohnedies beschäftigten Leuten ihre Zeit und ihre Wärme stehlen und vierzig Minuten lang Legenden über Buddhastatuen erzählen. Gibt es vielleicht nicht genug Statuen in der Welt? Und wenn er dreitausend Stück Vieh besitzt, sollte er mindestens einen alten Schafpelz zum Anziehen haben.«

Die Worte fielen ihm ein:

»Desgleichen sind die Fingernägel vergoldet...«

Der Professor sagte:

»Er hätte lieber Kartoffeln bringen sollen.«

Statt in den täglichen vierzig Minuten die Gedanken niederzuschreiben, die sich tagsüber angehäuft hatten und mit kalten Fäden durchs Hirn drangen, mußte der Professor am folgenden Tage, wie auch des Nachts, an den Mongolen Dawa-Dortschji denken.

»Das kommt davon«, entschied Professor Safonow, »daß noch nie jemand mit so seltsamen Geschichten zu mir gekommen ist. Käme jemand, um mein Gehirn zu kaufen oder zu tauschen, oder meine Nerven, oder den gestrigen Tag, ich hätte es sofort nach dem Weggang des Käufers wieder vergessen.«

So scherzte er, während er den Ofen heizte und die Kartoffeln aufs Feuer stellte. Die Portion war heute verringert. Tagsüber aß der Professor die halbe Portion und legte sich dann beim Schein des elektrischen Lichtes schlafen.

Es klopft.

Ohne Pelz, ohne Mütze, die Fäuste wütend geschwungen, rennt Witali Witalijewitsch zur Türe, reißt den Riegel zurück und schreit:

»Ich habe keine Zeit, Ihre blödsinnigen Legenden aufzuschreiben. Ich bin weder Arzt noch Mongolist. Müssen Sie mich täglich belästigen?«

Auf der Schwelle stand in Lederjacke und brauner Soldatenmütze mit zerknittertem Schirm ein spitzbärtiger Mann. Er fragte leise:

»Wohnt hier Professor Safonow?«

»Ich bin Professor Safonow.«

»Witali Witalijewitsch?«

»Ich bin Witali Witalijewitsch.«

Der Mann spuckte sich, er mußte wissen weshalb, in die Hände, griff in die Seitentasche seiner Lederjacke, zog ein Päckchen hervor und sagte leise:

»Vom Genossen Volkskommissar für Kulturangelegenheiten dem Professor Safonow eigenhändig zu übergeben.«

Der Professor vergaß, die Tür abzuschließen. Der Mann in der Lederjacke faßte vorsichtig mit einem Stück seines Ärmels das kalte Eisen und schloß ab. Hierauf rieb er sich die Hände über dem Ofen und fragte:

»Haben Sie bemerkt, es sind fünfzehn Grad Réaumur?« »Ziehen Sie sich aus!«

»Danke, Genosse Professor, unten wartet das Auto auf uns.«

Der Professor öffnete rasch den Umschlag und las:

»Der allrussische Städtebund erinnert in Ergänzung seiner Bestimmungen wiederholt...«

»Teufel auch«, ärgerte sich der Mann in der Lederjacke, »wiederum zweiseitig beschrieben! Die Tippmädchen hören auch auf gar nichts. Wie oft hab ich nicht gesagt: wichtige Briefe nur einseitig schreiben. Wenden Sie um, Genosse Professor!«

Auf der Umseite las der Professor in Maschinenschrift:

Der Volkskommissar für Kulturangelegenheiten der Nördlichen
Kommunen.

Petersburg, den 16. November 1918

Prof. Wit. Safonow.

Der Volkskommissar für Kulturangelegenheiten bittet den Bürger Safonow, unverzüglich an der Beratung der Sachverständigen im ehemaligen gräflich Stroganowschen Palais teilzunehmen.

Der Volkskommissar: (Unterschrift)
Der Sekretär:

»Hier fehlt die Unterschrift«, sagte der Professor, »was sind das für Sachverständige?«

Der Mann in der Lederjacke nahm das Papier.

»Der Sekretär bin ich«, sagte er, »man hat vergessen, mir die Unterschrift vorzulegen, ich werde gleich ...«

»Aber warum denn?«

»Bitte, Ordnung muß sein.«

Die Lederjacke beherbergte einen Tintenstift. Der Professor bemerkte, daß mit ebensolchem Tintenstift der fünfzackige Stern auf die Mütze gemalt war. Die Unterschrift wurde vollzogen. Der Professor nahm das Papier und legte es in ein Schreibtischfach.

Während das Automobil über die Troizkibrücke ratterte, stieg ihm eine bittere Erinnerung an seinen geheizten Ofen auf.

Zweites Kapitel

Einige Reden über archäologische Ausgrabungen und über die russische Rote Armee

»Je weiter wichtige Wege führen, desto zögernder wird einsames Wandern.« *Sikun-Tu*

Die Teppiche im gräflich Stroganowschen Palais waren mit Matten belegt. Am Eingang rauchte ein Soldat seine Pfeife. Die Stiefel des Soldaten waren mit Teppichen und Matten umwickelt, damit die Beine nicht anfroren. Während der Soldat nach dem Passierschein fragte, blieb er, der Kälte wegen, auf seinem Platz sitzen. Der Professor holte den Sekretär auf der Treppe ein und fragte neugierig:

»Bleibt er auch sitzen, wenn der Volkskommissar kommt?«

»Kaum. Das ist wohl auch nicht wichtig. Hierher, Genosse Professor.«

Der mit der Lederjacke schob die Mütze ins Genick. Die Stirn war durchfurcht und schmutzig.

»Genosse, ist Lunatscharski hier?«

Der Gefragte trug einen schwarzen Mantel und eine Aktenmappe, dick und rund wie eine kleine Tonne. Seine Beine staken in grauen, ungeheuer weiten Filzstiefeln, um den Hals war ein langer, bunter, gestrickter Schal geschlungen.

»Nein, er kommt auch nicht.«

»Machen Sie mir nichts weis, Genosse Anissimow, Lunatscharski hat mir vor einer halben Stunde gesagt, daß er kommt. Deshalb bin ich nach der Wyborger Seite gejagt, den Professor zu holen.«

Der Mann mit der Aktenmappe drückte dem Professor die Hand, trat einen Schritt zurück, klemmte die Mappe unter die andere Achsel und sagte eilig, mit einer Stimme, als hätte er sich verschluckt:

»Sie werden sich nie angewöhnen, die Ressorts abzugrenzen, Genosse Düwel. Eben wurde ich angerufen, daß die Sache nicht dem Kulturkommissariat untersteht, sondern dem Volkskommissar für Angelegenheiten der Nationalitäten, Stalin. Was soll Lunatscharski dabei zu tun haben? Der Volkskommissar für die Nationalitäten wird die Rede halten. So darf man wirklich nicht mit den Führern der Revolution umspringen, Genosse!«

»Sie sollten sich Ihre Worte überlegen, Genosse Anissimow!«

»Überlegen gefälligst Sie, Genosse Düwel!«

»Unter diesen Umständen übernehme ich keinerlei Verantwortung für die Konferenz. Verzeihen Sie,

Bürger Professor, es wird am besten sein, Sie gehen wieder nach Hause.«

Der Genosse Anissimow hob in höchster Erregung die Mappe übers Haupt. Sein Mund rundete sich ins Unermeßliche, die Worte, die hervorquollen, waren dick wie die Mappentonne.

»Wie meinten Sie, Genosse Düwel, wir können nach Hause gehen? Sie halten die Zeit für eine Ressortdebatte geeignet? Bleiben Sie, Professor...«

Eine scharfe, abschneidende Handbewegung des Trägers der Lederjacke:

»Gestatten Sie, daß ich wiederhole: die Ihnen überbrachte Einladung, Professor, ist vom Volkskommissariat für kulturelle Angelegenheiten ausgegangen. Sie ist nunmehr hinfällig. Sollen sich selbst ihre Sachverständigen suchen! Ich bin kein dummer Junge, daß ich fürs Volkskommissariat der Nationalitäten Professoren zusammentrommle. Ich hab' dringendere Arbeiten.«

Der Professor wurde an den Armen nach beiden Seiten gezerrt, von der Aktenmappe in den Saal, von der Lederjacke zum Ausgang. Den Kleinen hinderte die Mappe, er wurde schneller müde. Die Lederjacke entführte rasch den Professor. Genosse Anissimow stürzte ans Telefon.

»Halloh, Kommandantur? Hier Palastkommandant Anissimow. Ich spreche selbst. Jawohl, ich, ich. Halten Sie den Professor Safonow am Ausgang zurück, den anderen, Düwel, lassen Sie hinaus. Was? Verhaften? Ja, ja!«

Der Professor stolperte über eine Matte und stützte sich verwirrt auf die Schulter der Lederjacke.

»Nein, bitte, Bürger, es ist besser, ich bleibe.«

Die Lederjacke streckte einen dünnen Finger empor, schwenkte ihn drohend und rief:

»Ich werde alles dem Genossen Lunatscharski berichten!«

»Von mir aus können Sie's Lenin berichten. Ihre Intrigen kennen wir. Bitte gehen Sie, man hält Sie nicht zurück...«

Genosse Anissimow, schweißüberströmt, den herabhängenden Schal zwischen die ungeheuren Filzstiefel geklemmt, trat an Safonow heran.

»Warten Sie hier, Bürger Professor. Ich rufe gleich im Kommissariat der Nationalitäten an, daß man Dampf dahinter macht. Bürger Professor! Halloh, halloh! Schlafen Sie wieder? Halloh!«

Der Professor war tief in einen Lehnstuhl gesunken. Sein Blick ging erregt über Möbel und Schränke hin. Überall neugemalte Nummern, die Vorhänge mit Kreide bezeichnet. Genosse Anissimow beschimpfte telefonisch den Chauffeur. Im Nebenzimmer klapperte kalt eine Schreibmaschine.

»Haben Sie es aufgeschrieben, Witali Witalijewitsch?«

Der Professor wandte sich um. Hinter dem Sessel stand im schmutzigen Soldatenmantel, mit zerzauster Schaffellmütze Dawa-Dortschji.

»Ich habe vergessen, Ihnen noch die Geschichte des Heiligtums der Sich-Verbreitenden-Beruhigung zu erzählen. Obwohl sie eigentlich einer späteren Epoche angehört, hat sie doch zu den Ereignissen um den Burchan-Buddha unmittelbare Beziehung. Der Aimak Tuschutu-Chan hatte in der Zeit der Dynastie ...«

Der Professor riß mit einer verzweifelten Bewegung die Mütze vom Kopf, schlug sich damit auf die Knie, setzte sie sich wieder tief in die Stirn und sagte mißvergnügt:

»Sie sind doch ein zivilisierter Mensch, Bürger, und unberührt vom Rausch revolutionärer Ekstase ...«

Dawa-Dortschji nickte.

»... In diesem Falle gestatten Sie, daß ich Ihre Hilfe anrufe, mich von hier entfernen zu dürfen. Ich habe sehr wenig Zeit und kann darüber nicht so verfügen, daß es in meinem Belieben stünde, sämtliche seit der Revolution sozialisierten Paläste zu besichtigen.«

Der Professor faßte Mut zur Lüge und fuhr fort:

»Ihre Legende habe ich zum größten Teil niedergeschrieben ...«

In diesem Augenblick verhaspelte sich etwas in der Matte, eine dicke Aktenmappe kollerte zu Boden, und unter Schlucken und Stöhnen stürzte der Genosse Anissimow herein.

»Genossen Delegierte, Genosse Professor! Herbei, ich bitte! Genosse Zwiladse, der Stellvertreter Stalins, ist erschienen!«

Dawa-Dortschji, der hinter dem Professor ging, sagte halblaut:

»Es wird rasch vorbei sein. Genosse Zwiladse, der Stellvertreter und Landsmann des Volkskommissars für nationale Angelegenheiten, ist ein temperamentvoller Mann, wie es von einem Angehörigen des georgischen Volkes nicht anders zu erwarten ist, aber weise für seine Jahre. Hierher, Witali Witalijewitsch, hierher ...«

Die Matten waren zu einem Haufen geschichtet. Eine Schar schwarzhaariger Männer, mit stark hervortretenden Backenknochen, in Soldatenmänteln und Schaftstiefeln, stand beisammen. Ein Geruch von Kaserne, saurem Brot und Kohl verbreitete sich. Und noch eine dünne Beimischung: Schafstall oder Wasser. Das ist der Geruch der Steppe, dachte der Professor und spähte aufmerksam in die schmaläugigen Gesichter. Diese Augen ruhten weder auf dem Professor noch auf dem hochgewachsenen Kommissar Zwiladse, sondern auf einem Gegenstand, der sich hinter dem Rücken des Kommissars befand.

Dort saß auf einem hohen marmornen Sockel eine wohl zwei Meter große, in Bronze gegossene vergoldete Statue mit hoher Krone – ein Buddha. Von seinen Händen und Füßen wuchsen Lotosblumen empor, um die Schläfen trug er eine fächerförmige Verzierung.

Der Professor erinnerte sich: »Die Einfassung der Ränder seines Gewandes besteht aus reinem Golddraht. Desgleichen sind die Fingernägel vergoldet.« Dawa-Dortschji, das kleine runde Kinn starr emporgerichtet, sah – über die Häupter der um den Kommissar Versammelten hinweg – in die schmalen und dunkeln, dem Steppenkraut gleichen Augen der Statue Siddharta Gautamas, der Buddha genannt wird.

Wohl möglich, daß die Kehlstimme des Volkskommissars Zwiladse diese backenknochigen Männer an die Stimmen der Rosse am Abend gemahnte, oder noch eher am Morgen ... Sie schwiegen.

Der stellvertretende Volkskommissar stand da, breitschultrig, in grauer Jacke und grauer Schaffellmütze. Aus seiner Tasche ragten Zeitungen hervor.

»Genossen und Bürger, Werktätige des Ostens! Ich begrüße euch im Namen des Rates der Volkskommissare der Kommune des Nordens. In eurem Angesicht, Genossen und Bürger, sehen wir die Vertreter der fernen Mongolei und, wie es scheint, auch Chinas vor uns. Hinter mir«, der Volkskommissar hob den Arm und warf einen Blick in seine Notizen, »steht eine Buddhastatue, die in räuberischer Weise durch den zaristischen General Kaufmann[*] aus dem mongolischen Lamakloster des Aimak Tuschutu-Chan entführt wurde. Diese Statue ist ein religiöser Fetisch, ein Gegenstand der Verehrung für Mönche und die von ihnen verdummten Massen. Jedoch, Genossen, wir Proletarier wissen nicht nur den Grundsatz der Freiheit der Nationalitäten hochzuhalten, wir würdigen auch echte religiöse Gefühle.

---

[*] General Konstantin von Kaufmann, des Verfassers Großvater, gest. 1882 zu Taschkent

Während der zaristische General Kaufmann die Statue im Kartenspiel an den Grafen Stroganow verloren hat, würdigen wir Kommunisten die nationalen Besonderheiten und erkennen, daß dort, wo zwischen den Völkern Trennungsmauern bestehen, die Einheitsbestrebungen und die Pflege des Eigenlebens der Nationen geeignet sind, den überlebten Rahmen einer patriarchalischen Geschlechtsverfassung und einer feudal-patriarchalischen Lebensweise zu sprengen und zu vernichten, gleich wie sie die reaktionären Belange von Familie, Sippe, Stamm und Nachbargemeinschaft sprengen ... Es gilt, die notwendigen historischen Vorbedingungen für den Klassenkampf zu schaffen. Der Kommunismus unterstützt die nationale Einheitsbewegung als Gegengewicht gegen die patriarchal-feudale Anarchie und den äußeren fremdnationalen Druck, wie wir es jetzt beim Imperialismus in China sehen ... Ein direkter Übergang vom muffigen Feudalismus des Chanats zum organisierten Sozialismus ist undurchführbar. Wir wünschen, daß aus der tiefen Finsternis geistiger Verelendung sich die nationalen Typen der Kirgisen, Turkmenen und Mongolen herauskristallisieren. Jedoch, Genossen, die Hilfe, die der Herausbildung der nationalen Typen geleistet wird, bedeutet keineswegs Hilfe für den Klerikalismus der Lamas und Mönche, und deshalb, Bürger und Genossen, bedeutet die Verordnung des Kleinen Rates der Volkskommissare über die Rückgabe der Buddhastatue aus dem Aimak Tuschutu-Chan zu treuen Händen der Vertreter des mongolischen Volkes, die hier in den Räumen ...«

Der Volkskommissar schwang die Faust hoch und stieß sie drohend gegen die japanischen Gobelins, tibetanischen Waffen und rings um die Statue aufgestellten winzigen Buddhafigürchen aus wohlriechendem schwarzem Holz vor.

»... in den Räumen des ehemaligen Stroganowschen Palais versammelt sind, noch keinesfalls, daß die Bolschewiken Beschützer der Lamas sind. Nein, die Buddhastatue wird als seltenes Museumsstück, als nationaler Kunstschatz ausgehändigt. Zur Beobachtung der genauen Ausführung der Richtlinien des Volkskommissariats für die Angelegenheiten der Nationalitäten werden in der Mongolei Vertreter der lokalen Grenzbehörden des Sowjetstaates zugelassen sowie die aus dem Zentrum entsandten Vertreter zur Geleitung des Transports, als politischer Expeditionsleiter Genosse Anissimow und als wissenschaftlicher Beirat Professor Safonow ...«

»Erlauben Sie«, schrie eine erregte Stimme, »ich habe meine Einwilligung gar nicht gegeben!«

Der Volkskommissar ließ einen flüchtigen Blick über die Gegend gleiten, aus der die Stimme gekommen war, rieb sich den Schweiß von der Stirn und drückte im Abgehen die Hände der Männer in Soldatenmänteln.

Dawa-Dortschji bückte sich nach den Zeitungen, die Zwiladse aus der Tasche gefallen waren, reichte sie ihm und sagte leise:

»Der Bürger Professor wünscht Ihnen anscheinend zu entgegnen.«

Der Volkskommissar ballte die Zeitungen in der Faust, wandte sich jäh zu Witali Witalijewitsch herum und sprach mit plötzlich ungezwungenem kaukasischem Gebirgsakzent:

»Sie, Bürger Professor, wann Revolution is, da gibt's kein Schweifwedeln net. Sie wern die Güte ham, morgen Punkt elf im Volkskommissariat Instruktionen und Vollmachten abzuholen ... Verstanden!«

Er schleuderte die Zeitungen auf den Fußboden und rief den Mongolen zu:

»Hoch die internationale Weltrevolution und die Befreiung der unterdrückten Völker!«

»Hurra–ah!«

Den Rückweg machte Professor Safonow zu Fuß. An der Palastbrücke spielten fünf Kinder Schlittenfahren. Eine Frau mit einer Soldatenmütze trug einen Pferdeschädel. Obwohl dem Professor ganz andere Dinge im Kopf herumgingen, fragte er gewohnheitsmäßig: »Verkaufen Sie ihn?« Und gewiß ebenso gewohnheitsmäßig antwortete die Frau: »Nein.« Der Professor spürte nun Hunger und freute sich, daß er zu Mittag seine Kartoffeln nicht aufgegessen hatte. Bei Kommandierungen gibt's Verpflegung auf Staatskosten, und für die Begleitung des Buddha würden sie sicher größere Rationen erhalten. Zu Hause angekommen, füllte er den ganzen Kochkessel mit Kartoffeln und legte mehr Holz auf als gewöhnlich. Die Bücher und Papiere im Zimmer glichen schwärzlich schmutzigen Schneehaufen. Sie sahen immer so aus, wenn es im Zimmer kalt war. Wenn es warm wurde, begannen sie zu denken und aufzutauen. Auch der Professor begann, von Wärme durchströmt, nachzudenken, wem er seine Bücher und Manuskripte hinterlassen solle. Safonow hielt am Pädagogischen Zentralinstitut Vorlesungen über Geschichte der Weltliteratur. Sein gegenwärtiges Kolleg behandelte: »Einflüsse der skandinavischen

Saga auf das russische Volksmärchen.« Er band die Manuskripte mit Strippen zusammen und schrieb auf jedes mit dickem Rotstift drauf: »Manuskript von Prof. W. W. Safonow, der im Auftrag der Regierung verreist...«, hielt jedoch inne, dachte nach und änderte: »der in wissenschaftlicher Mission nach der Mongolei entsandt wurde. Um sorgfältige Behandlung wird gebeten.« Es gab recht viele Manuskripte zu verschnüren, der Professor legte neues Holz auf, es wurde immer wärmer. Er zog seine gestrickte Weste aus, der eine Ärmel platzte. Er bestimmte das Konversationslexikon zum Erwerb neuer gestrickter Wollsachen, notierte auf einem Zettel: »2 Sweater, 1 Pelzweste, 4 Paar Socken«, und fügte dem Konversationslexikon noch einige andere Bücher hinzu. Auf einmal tat es ihm um das schöne Holz leid, und er heizte den Ofen mit alten Entwürfen und überflüssigen Büchern, deren es genug gab. Die Asche flog im ganzen Zimmer herum. Es war eine graue, angenehm riechende Asche. Sie hinterließ auf den Wangen des Professors Spuren. Der Professor wischte sie fort und geriet dabei in ein verträumtes Nachdenken über Viehherden in der Mongolei und Hammelfett. So traf ihn der politische Leiter der Expedition, Genosse Anissimow, an.

»Binden Sie sich ein Tuch um den Kopf, sonst fallen Ihnen von der Papierasche die Haare aus. Waschen wäre bei der herrschenden Seifenkrise schwierig ...«

Genosse Anissimow war, wie immer, in höchster Eile, verschwitzt, mit wehendem, verknäueltem Schal, die Filzstiefel hurtig gespreizt wie Dachschindeln in der Frühjahrsschmelze. Er strahlte vor Zufriedenheit über seine Energieentfaltung, über seine tonnenförmige Aktenmappe, die den Bauch bei ihm vertrat, und half dem Professor, Papiere in den Ofen zu stopfen.

Um etwas dem Gast Angenehmes zu äußern, fragte Safonow:

»Hat er sich beschwert?«

»Wer?«

»Düwel.«

»Hoho, einmal Krach, und ausgetobt. Am selben Abend ist er zu mir gekommen, Schach spielen. Wir hausen in einer Gemeinschaftswohnung! Kommune! Eine Kraftnatur, oder wie ich zu sagen liebe, eine Dynamik! Düwel!«

Der Professor sah zum erstenmal einen Menschen aus einer Kommune. Er fragte nach Kindern. Anissimows hatten vier, das jüngste, fünf Jahre alt, erwies sich als großer Liebhaber von Automobilen. Vater schnitt sie aus Papier aus und färbte sie mit Tinte. Der Partei gehörte Anissimow seit dem Jahre 16 an, von Beruf war er Drechsler.

»Wird sich der Kommunismus in Rußland halten?« Der Professor fragte es vorsichtig, als berührte die Zunge eine Messerspitze.

»Der Kommunismus? Wo sonst als bei uns? Selbstredend!«

Sie hatten sich erwärmt. Anissimow schlug vor, dem Transport der Buddhastatue zuzuschauen. Der Professor wollte erst fertig packen. Anissimow besah sich die Bücherregale und den Schreibtisch.

»Gewiß. Natürlich. Wie lange sind Sie schon Professor?«

»Zwölf Jahre.«

»Der Partei haben Sie niemals angehört?«

»Nein.«

»So. Sie sind ungefähr fünfzig Jahre?«

»Achtundvierzig.«

»Also so ungefähr richtig. Ich geh' jetzt. Wegen der Vollmachten müssen wir gemeinsam aufs Kommissariat. Morgen. Man hat uns zwar für heute bestellt, aber morgen wird's auch noch Zeit sein, vorher haben sie ja doch nichts ausgeschrieben.«

Er schwenkte die Mappe, zerteilte die Luft mit der Hand wie ein Versammlungsredner und lief die Treppe hinab.

Am nächsten Tag waren, genau wie er vorausgesagt hatte, die Vollmachten noch nicht ausgestellt. Zwei Stunden mußten sie darauf warten. Einen halben Tag liefen sie herum, ehe sie die Anweisung für einen Güterwagen mit eisernem Ofen hatten. Vom Bahnhof aus sahen sie auf dem Newski-Prospekt ein schwarzes, mit Holz beladenes Lastauto heranrollen, das weithin nach Benzin stank. Es schleppte ein riesiges Fuhrwerk mit dicken, eisernen Rädern hinter sich her.

Auf dem zweiten Wagen standen Soldaten und stützten eine große Holzkiste, die mit Stricken umwunden war. Die Bretter der Kiste waren frisch geschnitten, hellfarbig. Lustig hopsten die mit Mennig aufgemalten Buchstaben darauf: »Oben« und »Vorsicht! Nicht stürzen!«

»Das sind unsere Leute! Das nenn' ich mir Dynamik! Sind mit dem Buddha unterwegs zur Bahn und bringen noch Holz mit! Kommen Sie mit helfen!«

Der Genosse Anissimow stürmte dem Wagen entgegen.

Von der Plattform des Lastautos grüßte Dawa-Dortschji durch ehrerbietiges Lüften der Schaffellmütze.

Doch Safonow ging vorbei.

Der Professor besaß einen Handschlitten. Einmal in jedem Monat zog er damit nach dem Pädagogischen Institut, um seine Rationen zu empfangen. Meistens konnte man sie freilich in einer Hand davontragen. In seine Wohnung hatte der Professor einen bekannten Studenten, Lasar Neiz, aufgenommen. Als Safonow vom Bahnhof heimkam, saß der Student, die Beine bis zum Kinn hochgezogen, die Arme um die Knie geschlungen, und spielte auf einer Balalaika. Seine Nase war lang und dünn, wie eine Saite des Instruments. In seinem Innern klang und sang es unaufhörlich.

Safonow verstaute sein Gepäck auf den Schlitten, Neiz half ihm dabei.

»Werden Sie in einem halben Jahr zurück sein?« fragte der Student. »Oder bleiben Sie ganz drüben? Die Mongolei ist durch ihre Viehzucht berühmt...«

Der Professor zog den Schlitten zum Nikolajewer Bahnhof. Die Straßenbahn verkehrte nicht, die Schienen waren von Schnee verweht, der fest wie Eis gefroren war. Eine Abteilung Soldaten in Mänteln und Fußlatschen, die mit Riemen befestigt waren, von einer roten Fahne überweht, holte den Professor ein. Der Gedanke schoß ihm durch den Kopf, sie würden den Bahnhof vor ihm erreichen und sofort den Waggon besetzen – seinen Platz.

Er beeilte sich, seine Stiefel glitten aus.

»Seht den Bourschui, der fährt hamstern!« riefen die Soldaten im Vorbeimarschieren.

»Man muß auf ihn aufpassen!«

Der Professor hörte in seiner nächsten Nähe das Knacken der Gewehrverschlüsse. Er wechselte die vereiste Zugschnur von einer Hand in die andere. Dabei fielen ihm wollene Fausthandschuhe ein. Sie hätten gegen Bücher eingetauscht werden müssen, zu Hause standen noch genug davon. Man hätte solche Handschuhe gebraucht, wie sie die Soldaten trugen.

Vor der Abfahrt wartete Dawa-Dortschji. Er schob eine alte Frau beiseite, die sich mit der unerläßlichen Frage, ob etwas zu verkaufen oder zu tauschen sei, herandrängte. Der Mongole führte den Professor zwischen Reihen am Boden liegender Menschen durch.

»Rechts halten, rechts halten, Bürger Professor! Wenn mir etwas mehr Zeit geblieben wäre, hätte ich

Ihnen unbedingt meine ganzen Kräfte zur Verfügung gestellt. Aber der Schnee war ja fest, und Ihr Schlitten ist eisenbeschlagen. Nicht so stark ziehen, ich schiebe nach.«

Der Professor atmete schwer. Er fühlte ein Stechen in der Brust.

»Ist Anissimow da? Wann geht der Zug ab?«

»Beunruhigen Sie sich nicht! Bis zur Abfahrt ist noch sehr viel Zeit. Genosse Anissimow kommt nie zu spät.«

»Er hat aber alle Dokumente.«

»Tut nichts, er kommt.«

Die Wände des Waggons waren mit Filzdecken ausgeschlagen, die man unter der Bodenstreu hervorgezogen hatte, die Soldaten schliefen auf Stroh. In der Ecke stand ein runder eiserner Ofen. Nebenan, auf einen Holzklotz gestellt, brannte in einer petroleumgefüllten Flasche ein langer, rauchender Docht. Eine Frau regulierte ihn. Der Professor konnte ihr Gesicht nicht sehen. Draußen lag Dämmerung und Schnee. Unter dem Waggon krochen Eisenbahner und beklopften die Räder mit Hämmern. Hinter dem Ofen war der Waggon seiner ganzen Länge nach durch einen Kasten aus gehobelten Brettern ausgefüllt. Er roch nach Harz, die neuen Nägel funkelten im Licht der Petroleumlampe. Der enge Zwischenraum zwischen der Waggonwand und dem Kasten war mit Ziegeln ausgefüllt. Schmolz der Schnee von den Ziegeln, so roch es nach Wasser. Der Buddha schwamm in seinem neuen Boote. Das Boot trug die ziegelrote Aufschrift: »Oben! Vorsicht! Nicht stürzen!«

Dawa-Dortschji spaltete mit einem kleinen Beile Holz.

»Wir haben Ordre für zwanzig Mann, Sie nicht mitgerechnet, Professor. Sie und Genosse Anissimow reisen auf anderen Marschbefehl. Aber der zwölfte Mann verzichtete darauf, in die Heimat zurückzukehren. Ich nahm deshalb eine Frau…«

»Eine Mongolin?«

»Ja. Ich nahm eine Frau und tat weise daran.«

»Ist sie verheiratet?«

»Möglich. Ich weiß es nicht. Aber sie ist eine Frau, und die mongolischen Frauen sind nicht imstande, sich zu verweigern. Die Europäer und die Russen erklären das so: die Chinesen brachten die Ausschweifung zu uns, da sie nach den Gesetzen ihres Landes ihre eigenen Frauen nicht in die Mongolei mitnehmen durften. Finden Sie, daß ich weise gehandelt habe, Professor?«

»Weisheit ist relativ.«

»Deswegen habe ich auch Sie zum Begleiter erwählt, Professor.«

»Erwählt? Was heißt das, erwählt?«

Das Holz ließ sich nicht spalten. Dawa-Dortschji schob die Waggontüre zurück und sprang mit dem Scheit hinaus. Die Puffer knirschten im Frost, der Zug erhielt seine Lokomotive. Die Aktenmappe schwingend, stürzte der Genosse Anissimow zur Waggontüre herein.

»Wo haben Sie Ihr Gepäck?« fragte der Professor. Genosse Anissimow schlug mit der Faust auf die Mappe und grätschte die klötzegleichen, ebenso breiten wie langen Filzbeine:

»Was braucht ein Kommunist Gepäck? Rückständiger Indifferentismus!«

Er klopfte an den Holzkasten, schnupperte den feuchten Geruch ein, sprang wieder aus dem Waggon und rannte den Bahnsteig entlang. Der Professor rief ihm nach:

»Meine Reisedokumente!«

Anissimow lachte, zog aber einen Umschlag mit Papieren aus der Tasche und kam zurück.

»Hier, Genosse Professor. Drüben in der dritten Klasse steigt eine Diskussion über die Rote Armee.

Ein Menschewik spricht... Ich muß... Nein, nein, haben Sie keine Angst, ich bleib' nicht zurück... Ich sag' dem Stationsvorstand, er soll unseren Zug ein halbes Stündchen später ablassen ... es kommt nicht darauf an...«

Der Professor wärmte sich die Hände am Ofen.

»Ich möchte eine Erklärung Ihrer merkwürdigen Worte haben, Dawa-Dortschji, oder vielmehr eines Ihrer Worte. Was heißt das: Sie haben mich erwählt?«

Die mongolischen Soldaten glätteten die Strohunterlage, die Frau ging in eine Ecke des Waggons. Die Soldaten scharten sich zusammen und hörten zu, was einer von ihnen erzählte. Der Professor begann ihre Gesichter zu unterscheiden, den blauen Anflug auf ihrer Haut zu bemerken. Dawa-Dortschji gab ihnen einen Wink mit dem Finger, sie hockten in einer Reihe nieder.

»Wir haben viel Zeit vor uns, Professor, sowohl für Erklärungen als auch für gottgelahrte oder andere Gespräche. Mögen Ihre Gedanken mit dem Fluge von Drachen verwoben sein, Witali Witalijewitsch...«

Der Redner, der vor dem Genossen Anissimow das Wort hatte, mochte fünfzehn Minuten gebraucht haben. Genosse Anissimow kam nicht dazu, in den restlichen fünfzehn Minuten alles auseinanderzusetzen: einerseits die Rolle der kommunistischen Partei innerhalb der Weltrevolution, anderseits die Rolle der Roten Armee in der russischen Revolution sowie die außergewöhnlichen Grundlagen ihres Aufbaues. Und wenn man den Zug zurückhalten müßte – die Rede durfte nicht unterbrochen, die menschewikischen Argumente mußten mit Stumpf und Stiel ausgerottet werden. Allein der Stationskommandant dachte gar nicht daran, den Zug anzuhalten. Fünfundvierzig Minuten lang zermalmte der Genosse Anissimow die Menschewiken, rechten Sozialrevolutionäre und Weißgardisten.

Der Zug fuhr unterdessen ab.

Im Güterwagen, neben dem Kasten aus Fichtenholz mit dem Buddha, beteten die Mongolen. Dawa-Dortschji breitete vor dem Buddha die Arme aus und hob den Lobgesang an:

»Ich beuge meine Knie mit dem Ausdruck äußerster Ehrerbietung, den drei Gesetzen gemäß, vor Deinem allerhöchsten Lama, dessen Lebensführung keine Grenzen hat. Selbst das Staubkorn, das von seinen Füßen aufgerührt wird, erscheint als ein Schmuck für die Stirn zahlreicher Weiser. Betend falte ich meine Hände und streue die Blumen des Lobes vor der gebietenden Macht der zehn Kräfte aus, deren zarte Nägel in ihrer Köstlichkeit die Kronen von hundert Geistern schmücken. Gesegnet...«

Der Professor lag, mit einer Decke zugedeckt, neben dem Ofen. Das Genick schmerzte ihn, wahrscheinlich eine Muskelzerrung, beim Schleppen des Schlittens zugezogen. Er dachte: Auf der nächsten Station tausche ich einen Wollschal ein. Doch Bücher zum Tauschen gab's nicht mehr. Das Stroh unter seinen Fingern fühlte sich weich und angenehm an wie Öl.

Drittes Kapitel

Gespräch über italienische und französische Uniformen und über Pfauenschweife sowie eine Anekdote von dem Klosett des Großfürsten Sergej Michailowitsch

»Der Gedanke ist vor dem Pinsel lebendig.
Die Entzückung hat ihren Sitz außerhalb des Gemäldes
Gleich dem Klange, der in der Saite nistet,
Gleich dem Rauche, der aus Nebel wächst.«
Hu An Yue: »Kategorien der Gemälde«

Außen auf die Waggontür hatte der Professor groß mit Kreide geschrieben: »Eintritt verboten. Dienstraum des Volkskommissariats für nationale Angelegenheiten.« Gleichwohl sahen Soldaten herein und fragten: »Kann man mitfahren, Genossen?« Worauf Dawa-Dortschji antwortete: »Wir sind die Begleitmannschaft, geht weiter!«

Die Mongolen im Waggon tranken den ganzen Tag Tee. Auf den Stationen holten sie einen Eimer heißes Wasser, die Frau füllte darauf einen Teekessel nach dem anderen. Beim Teetrinken sprachen sie von Viehherden, Arzneimitteln und Religion. Manchmal legte sich Dawa-Dortschji auf den Rücken, gähnte und übersetzte langsam, wie man eine Nadel einfädelt, dem Professor die Gespräche der Soldaten. Oft handelten sie unter sich, kauften und verkauften einander verschiedene Gegenstände, priesen die Ware an oder tadelten sie. Kaufschluß war ein Handschlag, wobei der eine den Ärmel herunterzog, der andere mit der Hand hineinfuhr. Die verborgene Berührung der Finger bedeutete die Einigung. Darauf wurde wieder Tee getrunken.

Zu Beginn der Reise zeichnete der Professor Gespräche, Gedanken und Begegnungen auf, er verlor aber die Papiere und saß dann, die Beine unter der Decke, ganze Tage vor dem Ofen. Nachts stahlen die Soldaten auf den Stationen Holz, Bretter und Eisenbahnschwellen. Die Stationen waren mit Zügen vollgestopft. Die Schienen ächzten vor Anstrengung. Die Wagen waren überfüllt mit Soldaten, Weibern, Hamsterern. Mit Gebrüll und Gequieke zog alles vorbei. Manchmal geriet der Waggon auf ein Nebengeleise und blieb dort den ganzen Tag stehen, bis man ihn in der Nacht wieder ankuppelte. Einmal, an einer Ausweichstelle, sprang plötzlich der Genosse Anissimow in den Waggon. Sein Schal war noch farbloser geworden, seine Filzstiefel staken unter dem Panzer einer Schmutzkruste. Er klopfte mit der Faust auf den Holzkasten und schrie mit heiserer Stimme:

»Da seid ihr ja! Wie geht die Reise? Kaum hätt' ich euch gefunden, die Waggonnummer hab ich behalten. Keine Typhuskranken hier? Draußen wüten Epidemien. Die Weißgardisten machen uns zu schaffen. Ich werd' gleich...«

Schon war er wieder weg. Seine Mappe war noch mehr angeschwollen, Haare von der Farbe alten Brotes wuchsen ihm aus der Nase. Er faßte sich an den Kopf, sprang auf die Lokomotive eines vorbeifahrenden Zuges und war verschwunden.

Der Professor war in gereizter Stimmung. Das Nichtstun, das fortwährende Teetrinken, das Feilschen, seine unerwartete Reise, sein vergeblich versuchter Widerstand, die Kälte und der Wind draußen zermürbten ihn. Er legte sich nieder und sagte zu Dawa-Dortschji:

»Ich sehe mich genötigt, Bürger, den politischen Expeditionsleiter zu warnen, daß wir es in Ihrer Person kaum mit einem Vertreter des werktätigen mongolischen Volkes zu tun haben.«

Dawa-Dortschji raschelte im Stroh:

»Kennt Witali Witalijewitsch etwa das werktätige mongolische Volk? Hat nicht der Volkskommissar selbst in seiner Rede gesagt, daß unsere Bevölkerung zu fünfzig Prozent aus Lamas besteht?«

»Dem politischen Expeditionsleiter dürfte nicht bekannt sein, in welchem Verhältnis Sie zur Buddhastatue stehen. Soweit ich es beurteilen kann, sind Sie ein Gygen, also ein lamaitischer Ordensvorsteher, der entweder eine lebende Verkörperung Buddhas oder einen buddhistischen Heiligen bedeutet.«

»Bin ich etwa schuld daran, daß der allerheiligste und gesegnetste Buddha für seine regelmäßige Verkörperung meinen sündigen Leib erwählt hat?«

»Davon haben Sie dem Volkskommissar nichts gesagt.«

»Er hätte es auch nicht geglaubt. Sie sind der einzige, der es glaubt.«

»Ich glaube Ihnen?«

»Warum spotten Sie dann über die religiösen Vorurteile oder den Aberglauben anderer Menschen? Wir können einen anderen Gesprächsstoff wählen, zum Beispiel die Uniformen der Italiener oder Franzosen. Apropos, ich weiß eine Anekdote über Uniformen, an denen ein Pfauenschweif angebracht ist. Vorher werde ich Ihnen aber noch erzählen, wie ich an die deutsche Front kam, und dann...«

Der Professor hustete und fühlte plötzlich ein Zittern in den Beinen.

»Wenn ich ein gemeiner Mensch wäre, würde ich

dem politischen Leiter von Ihrem früheren Offiziersberuf Mitteilung machen. Vielleicht, daß dann...«

Professor Safonow wandte sich um und würgte einen Hustenanfall hinunter. Ein harter Strohhalm stach ihm in den Mund. In der Nase kitzelte etwas schmerzlich, eine schlüpfrige Wärme stieg ihm zu Kopf. Dawa-Dortschji stieß ihm die Faust zwischen die Rippen, spuckte aus und zischte:

»Dein Glück, du Dreckkerl, daß du nicht so gemein bist. Ich werd dir zeigen: Offiziersberuf. Was willst du denn? Hast du zuwenig Brot oder Butter?«

Das Mongolenweib zündete die Lampe an, Dawa-Dortschji sprang auf, der Professor spie endlich den Strohhalm aus und murmelte erschrocken Entschuldigungen. Dawa-Dortschji knöpfte seinen Mantel auf, sah in die Ecke und sagte:

»Wenn Ihnen Ihre Brotportion zu klein ist, können wir sie erhöhen. Wenn Sie eine Frau brauchen, sag ich es ihr, und sie legt sich zu Ihnen. Sie versteht aber kein Russisch.«

»Lassen Sie mich in Ruhe«, sagte der Professor leise.

Dawa-Dortschji schob die Türe auf und schaute hinunter unter die Räder. Ein Soldat, der mit einem Schafpelz zugedeckt war, schrie:

»Zumachen, es ist kalt genug!«

Die Frau löschte das Licht aus. Es war nur wenig Petroleum vorhanden, man mußte sparen. Dawa-Dortschjis Stimme drang aus der Finsternis:

»Oder interessiert Sie vielleicht eine Geschichte leichteren Inhalts? Dann könnte ich Ihnen eine sehr schöne Anekdote aus dem Leben des Großfürsten Sergej Michailowitsch erzählen. Das Klosett des Großfürsten ersetzte ihm, wie Ihnen bekannt sein dürfte, oft sein Arbeitszimmer. Er hatte dort eine Bibliothek, die hauptsächlich aus Klassikern bestand, ein leichtes Musikinstrument sowie Ansichtskarten aus Palästina...«

Der Professor versteckte sein Gesicht im Stroh, vom Ofen roch es nach kaltem Eisen. Die Soldaten schnarchten.

»Schämen Sie sich denn nicht?«

»Ich denke auch darüber nach, Professor, wie es kommt, daß zwei so intelligente Männer kein gemeinsames Gesprächsthema finden können. Dabei bemühe ich mich immerzu, von eurer russischen Kultur zu sprechen, ohne die Weistümer unserer Wüsten zu berühren. Ich habe uns etwas ganz anderes als Ziel gesetzt... obgleich Sie sich sehr gut in Sibirien ansiedeln könnten, wo es Brot und alles fürs Dasein

Nötige in Fülle gibt. Ich bestehe nicht auf der Mongolei...«

Der Professor dachte mit Grimm daran, wie Dawa-Dortschjis Beine beim Gehen krumm standen. Es machte ihm offenbar Vergnügen, sich als Sohn der Steppe zu fühlen. Über die Russen redete er mit Verachtung. Und abermals ingrimmig dachte der Professor in seinem Herzen: So ist er nach der Revolution geworden. Erst seit der Revolution spricht er so von Rußland. Um sich zu überzeugen, fragte er ins Dunkle:

»Wo haben Sie studiert?«

»In der Omsker Kadettenanstalt. Man hat es, Gott sei's geklagt, für nötig befunden, die Verkörperung des Buddha in eine Kadettenschule zu stecken. Übrigens habe ich es selbst so gewünscht und darf mich über nichts beklagen. Im Kriege wurde ich nicht verwundet. Außerdem bin ich freiwillig eingerückt.«

»Haben Sie ein Kommando geführt?«

»Ja, an der kaukasischen Front.«

»Wozu machen Sie die Reise mit dem Buddha?«

Der Mongole lachte.

»Ich eröffne ein völkerkundliches Museum im Aimak Tuschutu-Chan. Sie werden Museumsdirektor, Professor. Wir haben doch einen Vertrag unterschrieben, wonach wir den Bolschewiken fünfhundert Stück Vieh für den Buddha bezahlen. Sie glauben, der Volkskommissar hat die Vorstellung umsonst gegeben? Fünfhundert Stück Großvieh haben wir an der Grenze abzuliefern. Fünfhundert Stück haben sie zu bekommen. Museumseinrichtungen sind eine teure Augelegenheit für unaufgeklärte Barbaren. Sehen Sie, die Russen haben gräfliche Paläste enteignet und in Museen verwandelt. Mit den überflüssigen Inventarstücken eröffnen sie den Betrieb einer Nationalitätenpolitik des fernen Ostens. Das ist ebenso billig wie großherzig...«

Als der Professor sich am Morgen von der Station Teewasser holte, spürte er hinter sich einen der mongolischen Soldaten; der Mongole sah ihm auf die Hände und lachte. Der Mann hatte Lippen, lang und breit wie ein Säbel. Die Zähne schaukelten dazwischen wie Enten auf dem Fluß.

Der Professor fragte den Soldaten, warum er ihm folge. Blinzelnd verlangte der Mongole den Ring, den Safonow am Finger trug. Der Professor kehrte um, ohne Teewasser zu nehmen. Dawa-Dortschji zuckte die Achseln, als er die Geschichte erfuhr. Er bat darauf, ihm den Ring zu zeigen, und drückte seine Verwunderung darüber aus, daß der Professor bei solcher Hungersnot nicht längst den Schmuck zu Lebensmitteln gemacht hatte. Der mongolische Soldat, erklärte er, werde den Professor töten, wenn dieser sich einfallen ließe, einen Spaziergang zu machen, etwa nach der Tscheka. Der Mann sei dumm und verstehe schlecht Russisch, doch an Denunziationen sei man in seiner Heimat so gewöhnt, daß ein Mann bei einer Anzeige die Lippen nur so zu verziehen brauche:

»Zeig einmal, San-Da-Gou!«

Und San-Da-Gou verzog die Lippen. In der Brust Professor Safonows machte sich ein Ziehen – zäh wie Honig – bemerkbar. Die Frau ging, Teewasser zu holen. Als sie vom Waggon sprang, sah der Professor die starken, ausgearbeiteten Muskeln ihrer Waden.

An demselben Tage lief der mongolische Soldat davon. Auf der Station Wologda wurde eine politische Versammlung abgehalten, und der Mongole blieb dort. Dawa-Dortschji sah dem Professor erst auf die Finger, dann auf den Mantel und wandte sich ab:

»Er hat zuviel Russisch verstanden, Professor. Ich habe Sorge, daß er Ihnen schaden könnte. Bei dem, was er weiß... Der Mann kommt natürlich nicht wieder. Entweder er hat selbst etwas ausgefressen, oder er hat Sie angezeigt ... obgleich die Bolschewiken für Denunziationen nichts zahlen.«

Die Lampe brannte die ganze Nacht; man erwartete die Verhaftung oder befürchtete die Flucht des Professors.

Vor der Waggontüre saß auf einem Holzklotz ein Posten.

Dem Professor war es trübe zumut. Er erhielt eine größere Brotportion als sonst, wollte anfangs nichts essen, aß aber dann alles auf. Der Posten in seinem Mantel sperrte ihm das ganze Licht ab, im Waggon war nachtschwarze Finsternis. Der Professor war nicht imstande einzuschlafen.

Professor Safonow dachte an sein Arbeitszimmer, an sein Landhaus bei Peterhof. Er dachte an seine verstorbene Frau, das Erinnerungsbild war unplastisch und unklar. Sechs Jahre hatten sie miteinander gelebt. Nach ihrem Tode hatte er den Entschluß zu einer zweiten Ehe nicht fassen können; jeden Sonnabend kam ein Mädchen zu ihm. Manchmal, wenn er besonders tief in der Arbeit steckte, bestellte er das Mädchen auch zweimal wöchentlich. Heute war Sonnabend. Er ertappte sich bei dem Gedanken: war ihm nicht zuerst das Mädchen und dann seine Frau in Erinnerung gekommen?

Seine Füße erwärmten sich. Die Wärme stieg höher hinauf. Er sah nach dem Wachtposten, der einen Stummel in den Ofen warf und vor sich hindöste. Was hatte dieser Mann zu tun, woran mochte er denken? Der Professor zog sich die Decke über den Kopf, aber es war zu stickig, er schwitzte.

Er erhob sich, um ein Holzscheit in den Ofen zu werfen, kroch aber, selbst davon überrascht, auf allen vieren. Auf halbem Weg hielt er inne und blickte sich nach dem Posten um. Der döste unentwegt. Er blickte nun in die Ecke nach dem Buddha. Der Schweiß trat ihm auf die Stirn, er rieb ihn mit der Hand ab. Auch auf die Lippen traten ihm Schweißperlen, und der Speichel floß ihm zusammen. Den Kopf auf den Boden geduckt, spie er aus.

Neben dem Kasten des Buddha schlief die Mongolin. Er warf kein Holz in den Ofen, sondern kroch an den rötlichen Pelz heran und berührte den weichen, runden Körper. Der Körper hob den Kopf, erkannte ihn anscheinend nicht, spreizte aber mit gewohnter Bewegung die Beine. Da kroch er zu der Frau unter den Pelz.

... Am Morgen nach dem Tee erzählte Dawa-Dortschji von seinen Pferden. Der Professor dachte fortwährend: hat sie mich erkannt oder nicht? Er sah verstohlen hinüber und spürte auf einmal an seinem Munde ihren langsamen, gleich einem See in der Wüste verdampfenden Blick. Sogleich fühlte er, wie ihm die Hitze in die Wangen stieg.

»Wie heißt sie?« fragte er.

Dawa-Dortschji goß Tee in seine Untertasse.

»Wer?«

»Die Frau dort.«

»Ich weiß es nicht.«

Er fragte einen Soldaten nach dem Namen, schlürfte geräuschvoll den Tee aus der Untertasse und sagte: »Tsin-Tschjun-Tschan, ein sehr langer Name, Professor. Aber bei den Russen gibts noch längere Namen. Wie hat Ihre Frau geheißen, Witali Witalijewitsch?«

Viertes Kapitel

Von anmaßenden Meinungsäußerungen über die Beglaubigungen unserer Seelen, über den Untergang der Zivilisation sowie über Fichtenholzkästen verschiedener Größen. Von nachlässigen Ofenheizern, durch deren Verschulden Wölfe auftauchen, sowie von der Erregung des Gygen

»... Am Abend, da er bei diesem Gedanken anlangte, flog Buddha gleich einer Vision durch die Luft, wobei er seinen goldglänzenden Körper zeigte ...« *Legende der Erbauerin Pu-A*

Witali Witalijewitsch tat so, als habe er die Geschehnisse der Nacht vergessen: er lächelte und scherzte. Beim Lächeln kitzelten seine angegrauten Schnurrbartspitzen die Wangen, und je mehr er lächelte, desto unangenehmer wurde das Gefühl auf der Haut. Als ob ein fremder Schnurrbart in einem fremden Lächeln die Wangen kitzelte. Doch der Gygen Dawa-Dortschji sah ihn nicht an, sondern schabte mit seinem langen Taschenmesser an einem Kienspan, und der Mongole Schurcha sah über die Schultern des Gygen zu. Der Kienspan nahm erst die Form eines Schwertes, dann eines Fisches an und verschwand in Gestalt eines Vogels im Feuer. Schurcha lachte piepsend; sein Schädel war zerzaust, die Haare hingen in Büscheln und Fetzen herunter.

Witali Witalijewitsch sah in dem Kienspan irgendeine Vorbedeutung. Er meisterte sie mit dem Zeichen des Kreuzes. Ein Zwirnsfaden hielt die Kreuzesform fest. Ein Messer besaß er nicht, er war völlig waffenlos. Das Kreuz warf er in den Ofen, doch der Gygen drehte sich gar nicht um. Dafür folgte der Mongole Schurcha dem Professor auf Schritt und Tritt. »Soll ich einen Zettel schreiben und durch die Türe werfen?« fuhr es ihm durch den Sinn. Doch dann erschien es ihm lächerlich.

Auf den Stationen waren immer mehr Plakate zu sehen. Auf allen war ein und derselbe rotbäckige General abgebildet, der einen Arbeiter und einen Bauern schlachtete. Allenthalben wurde um die Plakate herum gestritten und debattiert. Die Bahnhofbuffets waren von Urlaubern in Uniform besetzt, die abstimmten, ob man die Züge aufhalten oder durchlassen solle.

Niemand würde den Zettel des Professors aufheben. Wem sollte sein Anruf nützen? Die Leute lasen Plakate, Flugblätter, Broschüren und die Frontberichte in Zeitungen aus grauem Löschpapier.

Der Zug fuhr weiter. Oft stand er still. Das Begleitpersonal in schwarzen Schafpelzen ging Tag und Nacht mit angezündeten Laternen. Die Waggons waren lang und düster wie Särge. Die Schienen knirschten und krachten, man sprach von Explosionen. Die Züge erhielten eine Bedeckungsmannschaft, jede Nacht gab es Feuergefechte mit Banditen. Wenn die grünen Banden* einen Zug aufhielten, wurden die Kommunisten links und die parteilosen Reisenden rechts vom Bahndamm aufgestellt. Die Linken erschoß man gleich an der Böschung.

Witali Witalijewitsch dachte darüber nach, auf welcher Seite man ihn aufstellen würde.

»Sie werden es rechtzeitig erfahren«, sagte Dawa-Dortschji.

Hinter Wjatka begann der Nebel. Der Mongole Schurcha wich nicht von der Seite des Professors, hustete, sah wie gebannt auf seine Mütze, er schien den Nebel zu fürchten. Die Fichten neben dem Bahndamm schnellten mitunter hoch wie aufgescheuchte Riesenvögel. Der Boden des Waggons geriet in Schwingungen, das Schwanken stieg in die Knie hinauf, im Magen regte sich Übelkeit.

---

* Zum Unterschied von den »Roten« und »Weißen« wurden mit »Grüne« die Banden von Deserteuren und Banditen bezeichnet.

Der Nebel machte auch die Gesichter der Menschen, denen man begegnete, verzerrt und düster. Die Weichensteller zeigten sich in langen, grauen Mänteln, die Bahnsteige lagen grau und schlaff wie die Falten dieser Mäntel. Hungrige, verkniffene Augen verfolgten die Züge. Die Lokomotiven stürzten sich, den Nacken rückwärts gebeugt, in den Nebel hinein, der Nebel schlug über ihnen zusammen. Wenn die Lokomotiven hielten, kletterten die Passagiere auf den Bahndamm hinunter, fällten Bäume, zersägten und zerhackten sie. Der eiserne Bauch erwärmte sich wieder, es rutschte und ruckte, bis die Räder sich von den angefrorenen Schienen lösten. Wenn man Wasser brauchte und die Pumpen auf den Stationen von vorherfahrenden Zügen geleert waren, wurde Schnee in den Tender geschüttet. Die Soldaten, die Weiber, die Eisenbahner reichten sich die Eimer mit Schnee von Hand zu Hand, bis sie als lange Kette im Nebel verschwammen.

Einmal in der Nacht mußte das Wasser für den Tender vom Fluß neben der Brücke geholt werden. Weit drüben in den Büschen – man wußte nicht, ob es vom Buschholz knirschte oder vom Schnee – wurde Feuer auf den Zug eröffnet, und eine Stimme schrie:

»Ergebt euch, oder ihr werdet niedergemacht!«

Die Leute warfen die Eimer hin, krochen, stürzten übereinander, rannten zu den Waggons zurück, eine Frau schrie mit kreischender Stimme, als würde sie geschlagen, nach ihrem Kind. Der Maschinist, der das Wasser in Empfang nahm und in den Tender goß, warf gleichfalls den Eimer hin und zerrte aus einem Winkel, unter dem Kasten mit Schlüsseln und Schrauben, ein Maschinengewehr hervor. Die Soldaten schlugen die Fausthandschuhe gegeneinander, legten sich unter die Waggons zwischen die Räder und forderten die Passagiere auf, den Zug zu besteigen.

Der Professor konnte lange nicht einschlafen.

Am Morgen – wer konnte die Tage voneinander unterscheiden – sah er lange in die hungrigen, umdunkelten Gesichter. Schließlich geleiteten sie täglich, stündlich, minütlich seine Fahrt. Tränen und Seufzer versiegten in diesem frostigen Nebel, in diesen Schneewehen und Wirbelstürmen; ihre Gesichter waren wie Plakate.

»Argonauten!« sagte Dawa-Dortschji, als wollte er eine Bemerkung des Professors beantworten.

Und der Gygen begann, wie mit Absicht, von den Ausgrabungen an dem Felsen bei der Stadt Kalgan zu erzählen, der den Namen »Ferse des Kameles« führt.

Er entrollte die Legende von Chasar, dem Bruder Dschingis-Chans, und erinnerte dabei an den Nebel:

»Es ist klar, daß Dschingis-Chan nicht auf dieser Strecke gegen Rußland gezogen ist. Dann könnte es nicht solchen Nebel geben. Alle feuchten Gegenden hat er mit Menschenblut gesäubert... denken Sie an Turkestan, Professor...«

Manchmal kamen Männer in den Waggon, die Schafpelze über ihren Lederjacken trugen. Sie prüften die Dokumente, sahen kaum aufs Papier, sondern über die Köpfe hinweg irgendwohin, als könnten sie aus der Luft riechen, wer einer sei und wohin er wolle. Wahrscheinlich erkennen die Vögel auf ihrem Fluge so den Weg. Die Augen dieser Leute waren vom Wind gerötet, ihre Nasenlöcher ungewöhnlich erweitert.

Solche Nasenlöcher gewahrte der Professor auch an dem Mongolen Tschji. Dawa-Dortschji verhandelte eben mit dem Stationsvorstand darüber, daß man ihren Waggon an einen abgehenden Zug ankuppele.

Der Professor verlangte einen Krug heißen Wassers. Tschji reichte ihm den Krug, zeichnete mit dem abgebrochnen Henkel auf den dreckigen, vollgespuckten Boden einen unregelmäßigen, fünfeckigen Stern, spie darauf und tupfte mit dem Finger schnell gegen seine Brust.

Der Professor verstand kein Wort Mongolisch. Er bedauerte diese Lücke in seinem Wissen, dazu kam ihm das Wasser so ungewöhnlich süß vor...

In dieser Nacht beschossen die grünen Banden abermals den Zug. Der Zugkommandant ließ sämtliche Soldaten ausschwärmen. Zur Bewachung des Waggons blieben die Frau, Schurcha und Professor Safonow zurück.

Der Mongole Tschji und drei andere kehrten nicht zurück.

Der Professor fragte:

»Sind sie gefallen?«

Dawa-Dortschji klopfte mit dem Revolver an den Kasten:

»Sie sind fort! Mit der Roten Armee! Mit eigener Hand könnte ich die Hundesöhne niederschießen, wenn sie... Was sie dort wollen, versteh ich nicht.«

Witali Witalijewitsch erinnerte sich an den Stern, den Tschji in den Dreck gezeichnet hatte, und verstand.

Auf derselben Station wurde der Waggon von einem Geschütztransport eingeholt. Die Mongolen hatten doch wohl Russisch verstanden. Die graublauen Überzüge der Rohre bauschten sich, die Lafetten glänzten im Frost. Die Rümpfe der Panzerautos drohten dunkel, ein Flugzeug blinkte gelb. Oder hatten die Deserteure den Geruch des Krieges verspürt?

Die ganze Nacht brandeten mit dumpfem Grollen, das sich über den klirrenden Schienen zu Klumpen ballte, die beladenen Loren vorüber. Die mit Menschen besetzten Waggons hatten sich ehrfürchtig auf Nebengeleise zurückgezogen. Die eisernen Maschinen warfen in die Waggons Plakate, Fetzen von Zeitungsblättern, auf denen wie verharschte Stahlspritzer die Worte schrien: »Krieg!... Genossen!«

Hinter den Maschinen fuhren Menschen in Lederjacken. Sie schienen dem Professor gleichfalls Maschinenteile zu sein, bloß ohne Überzüge. Er sah an ihnen nur die Brüste, wie er an den Frauen nichts anderes gesehen hatte, als er jung war. Seltsam war der Atemzug dieser Brüste, ebenmäßig, wie glänzende, leicht gewölbte viereckige Flächen. Sicher lagerten sie warm über diesem starken, beizenden Atem. Der Nebel setzte sich hinter den Fichten fest. Der Professor stieg nachdenklich in den Waggon.

Bald kam ihm Dawa-Dortschji in großer Eile nach, und hinterdrein der verschwitzte Genosse Anissimow. Die Aktenmappe war nicht mehr vorhanden, doch die Lederjacke füllte den Platz in der Einnerung daran aus. Er schüttelte dem Professor stürmisch die Hand und blickte sich um.

»Wie geht die Fahrt? Immer ran, immer ran! Ich führ' unterdessen ein bißchen Krieg. Hab mich in unser Petersburgisches kommunistisches Regiment gemeldet. Die Generale greifen uns an, allgemeine Mobilisierung ... Gesindel, aufdringliches, das!«

Er schüttelte nochmals die Hand des Professors.

»Auf Sie, Genosse Maximow, setze ich große Hoffnungen ... obgleich Sie Professor sind, haben Sie mir vom ersten Augenblick an gefallen. Dasitzen und den Ofen mit Papier heizen – ganz wie bei uns. Was ich Ihnen noch sagen wollte – binden Sie sich ein Tuch um den Kopf ... Wir haben hier mit den anderen eine Debatte über die Weltrevolution angefangen – die ganze Nacht durch. Kommen Sie in unseren Waggon hinüber, wir trinken ein Glas Tee und spielen eine Partie Schach. Genosse Düwel ist auch bei uns drüben...«

Er sah sich wieder um, betastete den Kasten: »Sitzt er noch drin?«

Dawa-Dortschji berührte zärtlich die Schulter des Professors:

»Der Professor wird kaum mit Ihnen gehen, Genosse Anissimow. Obwohl wir uns hier unter höchst widerwärtigen Umständen befinden, haben wir uns nichtsdestoweniger als gebildete Europäer entschlossen... genauer ausgedrückt bezieht sich das ja nur auf den Professor... unsere ganzen freien Tagesstunden für eine Reihe gelehrter Untersuchungen auf dem Gebiete der Mongolistik zu verwenden. Wenn ich auch nur ein bescheidener Vertreter dieses Zweiges bin, so...«

Anissimow knöpfte seine Jacke zu, faßte an die gerümpfte Nase und ging rasch zur Türe.

»Mit einem Wort, Sie haben keine Zeit! Jeder macht das Seine, die alte Geschichte... ich für meine Person halte auch keine Vorlesungen. Sehr einfach!«

Er sprang vom Waggon herab. Von der Station ertönte das Signal. Der Zug setzte sich in Bewegung. Die Fahrt ging weiter.

Und wiederum steht der Zug zwischen Bäumen. Irgendwo stecken vielleicht die Grünen. Die Fichten rauschen, neigen einander die Wipfel zu, es ist kalt, der Wind weht, den Fichten ist's bange. Die Soldaten stehen bis zum Gürtel im Schnee und sammeln Reisig. Im Waggon riecht es nach Harz, doch nicht vom Kasten des Buddha. Das Weib Tsin-Tschjun-Tschan schläft: kürzlich, vor dem letzten Aufenthalt des Zuges, hat der Gygen selbst sie besucht. Der Gygen ist die lebende Verkörperung Buddhas: sie ist zufrieden.

Dem Professor war dieser Besuch nicht entgangen. Aber das war nicht etwa der Grund, warum er ärgerlich sagte:

»Ich kann über mich verfügen, wie ich will. Wenn ich den Wunsch hege, zum Genossen Anissimow zu gehen, soll ich vielleicht nicht gehen dürfen? Überhaupt ist mir Ihr fortwährendes Lügen zuwider. Ich habe kein Vertrauen zu Ihnen!«

»Verehrter Witali Witalijewitsch! Vor allem decken Sie sich fester zu. Die Soldaten kommen und gehen beständig, und wir sind einer gefährlichen Erkältung ausgesetzt. Wie können Sie sagen, daß Sie über sich nicht verfügen dürfen? Beim Gebieter Sakyamuni, dem Vorläufer* Buddhas! Alles, was geschieht, ist doch in Ihrem Interesse, jeder Schritt wird von mir mit tiefster Sorge überlegt, und es ist meine Schuld nicht, wenn Sie ihn ablehnen. Ich bin an Reisen gewöhnt – warum sollen Sie sich unnötigen Gefahren aussetzen? Sollen Sie zu den Räubern von Bolsche-

---

* Dieser Name eines Vorläufers Buddhas wird auch auf Buddha selbst angewendet.

wiken gehen, von ihrer Nahrung essen und trinken? Waren jene Bolschewiken es nicht, die Sie mit Gewalt auf diese von Tod, Krieg und Hunger bedrohte Reise entsandt haben? Und ich sorge für Sie. Sie haben hier Nahrung, Wärme, interessante Unterhaltung und ein junges, in der Liebe erfahrenes Weib... Es ist nicht meine Schuld...«

Der Professor sah zur Decke des Waggons empor. »Eine schlechte theatralische Deklamation.«

»Auf mongolisch würde es bedeutend besser klingen, Witali Witalijewitsch, fast wie Gesang. Es gibt ein weises Sprichwort bei uns: Ärgere dich nie über deinen Reisegefährten.«

Der Professor klopfte mit dem Fingerknöchel an den Ofen. Die Mongolen hatten stark eingeheizt. Sie wollten Tee trinken, doch das feuchte Holz brannte schlecht. Sie spuckten schnalzend aus.

»Das Ergebnis der Revolution ist, daß die eingeborenen Völkerschaften Rußland ebenso verachten werden, wie sie es früher gefürchtet haben. Das ist ein häßlicher Zug, Dawa-Dortschji. Außerdem sind Sie von der Zivilisation so weit verdorben, daß der ferne Osten zu Ihrem Gesicht nicht mehr recht paßt...«

»Die Erregung überspitzt Ihre Beobachtungsgabe.«

»Diese ewige Vorliebe für billige Sentenzen! Aus Liebe zur Weisheit ... oho! Sie würden doch auch allein fahren, Dawa-Dortschji, ohne mich...«

»Allein könnte ich als Dieb gelten. Anissimow kommt nicht zurück, was soll er mit uns? Seine Aufgabe ist, es zu zerstören, wir bauen auf und festigen.«

»Sie sind mir völlig zum Überdruß geworden, Dawa-Dortschji, ich werde krank von diesem Gerede.« Professor Safonow setzte sich nieder. Seine Lippen zitterten, wohl von der Erschütterung des Waggons. Er machte dem Gygen eine lange Liste von Vorwürfen, zählte ihm alle Kränkungen auf. Dawa-Dortschji lag auf dem Rücken, kreuzte die Beine. Er tastete an seinen lang gewachsenen, wie Schilfrohr harten Haaren herum und hörte aufmerksam zu. Die Mongolen schliefen. Es roch nach feuchtem Rauch.

Der Professor hatte sich alles von der Seele gesprochen und lag ebenso wie Dawa-Dortschji auf dem Rücken. Sie schwiegen lange. Der Gygen stand auf, um Holz in den Ofen zu werfen. Er setzte sich in der Lotos-Haltung davor.

»Wenn meine Leute ... wissen Sie, was die reden? Man muß in der Mongolei den Bolschewismus einführen... Meine Herden lassen sie mir einstweilen, weil ich ihnen helfe, hier durchzukommen. Sie können schlecht Russisch, machen aber merkliche Fortschritte... so wie Sie im Mongolischen, Professor... aber die Herden der übrigen Gygen und Lamas wollen sie aufteilen, wie man hier in Rußland geteilt hat. Wenn mir schon meine Leute nicht glauben, wie soll ich erst Sie überzeugen, Professor!«

Seine Lippen waren aschfarben wie ein verglommenes Holzscheit. Die Soldatenbluse stand offen, man sah die strähnigen Halssehnen. Der Gygen war sehr mager. Den Professor kam die Lust an, sich zu entschuldigen, er schwieg aber.

»Ich kann nach dem Aimak Tuschutu-Chan allein fahren ohne Begleiter und ohne das Bild des Buddha ... allein war ich schon dort. Aber ohne diesen Holzkasten will ich nicht. Während ich im Krieg mit den Deutschen lag, haben sie mir meine Herden und Hütten genommen.«

»Wer?«

»Dort... Verschiedene... Dem Buddha geben sie's wieder. Die Soldaten, die hier neben uns liegen, haben auch keinen Glauben mehr. Sie sagen, daß sie als Bolschewiken mit dem roten Stern viel mehr Herden und Hütten haben werden.«

»Gehören die dreitausend Stück Vieh also nicht Ihnen persönlich?«

»Sie gehören mir, aber ihre Milch trinken andere fremde Leute, nicht einmal meine Verwandten.«

»Wo sind aber die fünfhundert Stück Vieh, die Sie den Bolschewiken zahlen wollen?«

»Bei der Ankunft des Buddha werden Sie, Professor, mit mir zugegen sein... Sie werden melden, daß der Buddha an der Grenze ist.«

Er riß plötzlich den Mund weit auf und schrie: »Sie werden die Herden zurückgeben, sonst! Sonst!«

Die Frau sprang erschrocken auf. Er winkte ab, und sie legte sich wieder hin.

»Sie ist gewohnt, wenn man ruft, die Opiumpfeife zu bringen. Deshalb ist sie aufgesprungen... Wie könnte man in Ihrer Sprache, Professor, die Verfluchung Buddhas ausdrücken; er wird sich niemals in den Familien verkörpern, die mir meine Herden nicht zurückgeben. Bei uns heißt das ›Choschun-Turuin-Erdeni-Beile.‹

»Ich hör es zum erstenmal«.«

»Schreiben Sie es auf, oder noch besser, merken Sie sichs. Bei aller Verehrung für Sie möchte ich nicht meinen Bleistift verleihen. Geld habe ich nicht, ich habe alles in Petersburg ausgegeben... im übrigen werden Sie sich kaum für die finanzielle Seite der Expedition interessieren.«

»Ich habe auch kein Geld.«

Dawa-Dortschijs Finger tupfte an das Feuer. Seine Stimme klang schwärmerisch:

»Auf den Stationen verkauft man Kringel. Ich hab' sogar Quarkkäse gesehen und Gänse. Aber Fleisch tauscht man ausschließlich gegen Salz.«

»Ja ... Salz haben wir wenig.«

Der Professor schlief beruhigt ein.

Nachträglich suchte er zu begreifen, was ihn beruhigt hatte. Mit einigem Mitleid blickte er auf den kleinen, schwärzlichen Menschen neben sich. Der rechte Stiefel Dawa-Dortschjis war geplatzt, er flickte ihn. Das verfaulte Leder fiel auseinander wie Zunder, die Ahle glänzte wie das schmale Auge des Buddha.

Die Soldaten hatten kehlige Stimmen. Witali Witalijewitsch fand ihre Ausrufe verständlich, er fand es selbstverständlich, daß sie so viel Tee tranken. Nur woher sie den Tee hatten, konnte er nicht enträtseln. Zur Zeit gab es in Rußland gar keinen Tee. Er weichte einen dünnen Zwieback in Wasser auf und erklärte Dawa-Dortschji seine Gedanken über den Zusammenbruch der europäischen Zivilisation und über das ungeheure Totenhaus, das Europa binnen kurzem darstellen werde.

Dawa-Dortschji dachte sein Teil. Als der Professor endlich schwieg, zeigte er ihm mit den Fingern, wie die Tibetaner ihre Yak-Ochsen fangen. Dawa-Dortschji war in Tibet gereist und hatte dem Dalai Lama eine Spieluhr als Geschenk mitgebracht. Es war schon lange her, er war noch ein Knabe damals. Die Soldaten stießen aufmunternde Zurufe aus, als sie seine Fingerbewegungen sahen.

Jetzt wollte Professor Safonow sich selbst verstehen: was war sein Wille?

Vor einem riesigen Plakat, das an der Stationslatrine mit der Inschrift: »Nicht für Zivilisten!« angeklebt war, sagte er zu sich:

»Ich muß mich unbedingt mit ihm aussprechen.«

Die Stationen sehen eine wie die andere aus, nur daß man auf den einen das Signal mit der Glocke gibt und auf den anderen durch einen Schlag gegen einen Puffer. Das kommt davon, daß die Grünen der zweiten Kategorie von Stationen ihren Besuch abgestattet haben. Sie schleppten aus irgendwelchen Gründen alle Glocken davon. Immerhin hatte der Buddha bereits Wjatka passiert.

Der Professor dachte an Glocken, an Stationen und an den neuen Brauch, die Toten ohne Sarg zu bestatten. Man verschränkt ihnen die Arme auf der

Brust, sie stemmen sich damit fest gegen das Erdreich, die Erde gefriert immer stärker und stärker, sie läßt die Toten nicht mehr heraus, und ihrer sind viele. Hunger, Elend und Seuchen arbeiten. Als sie in ein Dorf kamen, um eine Decke gegen Brot zu tauschen, wies ein altes Weib böse hinüber:

»Drüben fragt nach, dort kriegt ihr was dafür!«

Drei riesige Bretterschuppen lagen bis oben hinauf voll Leichen. Was brauchten die Toten so viel Bretter? Die Lebenden brauchen Wärme. Doch keiner gibt ihnen was, nicht Brot und nicht Holz.

Ist's nicht einerlei: durch Sibirien, Turkestan, die Mongolei soll man fahren? Niemals kommst du ans Ziel. Soll Dawa-Dortschji von Herden phantasieren und Göttertempeln mit tausend Buddhas, die im Dalai-Nor versunken sind. Mit der Bibliothek des Professors heizt jetzt sicher irgendein Soldat den eisernen Ofen, und es kommt die Zeit, wo man die Häuser mit den kostbarsten Evangelienhandschriften aus der ehemaligen kaiserlichen Bibliothek heizen wird. Dunkle Heerhaufen in Leder und Pelz fahren auf den Resten des Eisenbahnbestandes kreuz und quer durch Rußland. Sie brennen, töten, nehmen das Letzte zum Essen weg. Sie werden sich auch über das verödete Europa ergießen und unter die englischen

Lords und die amerikanischen Trustherren übelriechendes Pferdefleisch auf Karten verteilen lassen.

Die Stationsglocke gab einen durch den Frost zitternden Laut von sich. Die Stationsglocken läuten Rußlands Grabgesang. Der Professor Safonow sitzt im Viehwagen neben der lebendigen Verkörperung Buddhas, dem Gygen Dawa-Dortschji. Der Gygen ißt verfaulte Kohlrüben, hört dem Professor zu und nickt zustimmend:

»Es muß aber einmal all dieser unorganisierten Finsternis, diesem Wirbel und Sturm, ein Widerstand geboten werden. Gibt's denn nicht schon genug Tod und Blut? Gibt es denn sonst noch so ein Morden wie bei uns hier? Die Generale werden mit Hängen, Erschießen und Plündern gegen die Kommunisten vorgehen. Die Kommunisten werden die Generale hängen und erschießen, die Glocken werden immer seltener und seltener klingen, die Waggons werden bis an die Puffer im Schnee verweht stehen ... Dawa-Dortschji, wozu tragen wir ein Herz in der Brust?«

Das feuchte Holz brannte schlecht. Die Mongolin hatte sich hinter dem Holzkasten verkrochen, ihre Augen waren bleich vom Schnee, ihre Brauen blaßblau, sie hielt die Augen überdeckt, sah in sich hinein. Der Professor gab ihr eine Decke, der Gygen wandte sich ab. Der Kälte wegen, oder aus anderen Gründen, hatten sich weitere vier Mongolen aus dem Staube gemacht, der einzige Schurcha war noch der Expedition verblieben.

Dawa-Dortschji und Professor Safonow standen an der Tür des Waggons. Blau und schwer lastete die Nacht. Durch die Schneehaufen, hinter den Bäumen, zwischen den Hügeln sah man Funken.

»Wölfe, Professor!«

Witali Witalijewitsch dachte an Holz. Doch alle Zäune entlang standen Posten. Sie wurden richtig verpflegt und hatten nicht verlernt, mit einem Gewehrverschluß umzugehen. Die Bauern wollten verlauste und verdreckte Soldatenmäntel nicht mehr in Tausch nehmen. »Ansteckung«, sagten sie und jagten einen davon. Nur in den Ställen erlaubten sie einem, sich zu wärmen, stellten aber eine Wache dazu. Damit man nicht die Milch austrank oder vom lebenden Vieh ein Bein abschnitt. Und selbst in die Ställe ließen sie einen selten.

Dawa-Dortschji nahm das schartige, vom Stiel gefallene Beil und schlug von oben etwas ab, wo mit Mennig aufgemalt war: »Vorsicht! Nicht stürzen!«

Unter einer Matte und Hobelspänen kam das gelbe

schrägäugige Antlitz hervor und lächelte feuchtglänzend und selig sein ewiges Lächeln zum ewig warmen Feuer hinüber.

Der Professor zog sich die Stiefel aus, rang die Fußlappen aus und sagte:

»Ich habe einen Entschluß gefaßt, Dawa-Dortschji. Als Widerstand gegen die kopflose, wilde Finsternis richten wir den von europäischem Wissensdrang getränkten, gesegneten, unbeugsamen Fortschritt auf... Unsere Herzen! Ich weiß noch nicht wohin... aber selbst wenn ich den Buddha durch Ströme, durch Hunger und Pest tragen müßte... Ich weiß nicht, welche Gründe Sie haben vorwärtszugehen. Aber ich habe welche. Das Herz – mag auch nur ein Tropfen seines Blutes die Zivilisation bewahrt haben –, der Gedanke ist ewig und ewig trunken von seinem Willen... Ich gehe mit Ihnen!«

Dawa-Dortschji gab der Frau einen Wink. Sie sollte dem Professor die Decke zurückgeben, es war jetzt warm. Er setzte den Teekessel auf die Stelle, wo der Ofen am stärksten glühte, und antwortete:

»Auch ich denke so, Witali Witalijewitsch!«

Eine Woche lang heizten sie den Ofen mit dem Holz, das sie vom Gehäuse des Buddha schlugen. Nach sieben Tagen waren seine Schenkel zu sehen.

Fünftes Kapitel

Vom Metall, das unter Wohlgerüchen Beruhigung um sich verbreitet

»Konfuzius sprach über dem Strome: Das Vergehende, es gleicht diesem hier. Hört es doch weder bei Tage, noch bei Nacht auf.«
Lui-Yuj IV, Eb.

»Ist die Glocke zu dick, tönt sie nicht hell. Will das Ohr nicht hören – sicher ist es taub.« *Yuan-Mej*

Die Ereignisse, die in diesem Kapitel beschrieben werden, müßten folgendermaßen beginnen: In Finsternis, Kälte und Wind rollt der Wagen des Buddha vorwärts. Der Gygen schwingt grimmig das Beil und zerhackt den Holzkasten. Das Beil ist schartig. Duftende, krause Holzschnitzel fliegen durch die Luft. Ein kleiner, etwas schiefschultriger, graubärtiger Mann mit sanftem Lächeln wirft die Späne in den Ofen. Das Weib und der Mongole Schurcha sehen furchtsam zu, der goldglänzende Körper des entblößten Buddha bedrückt sie. Aus hölzerner Schale entstiegen, begrüßt der Buddha mit seinem Lotoslächeln den Schnee und die Winde.

Der letzte Soldat des Gygen verläßt den Waggon.

Er ist der letzte, sein Name muß festgehalten werden: Schurcha. Der Gygen wendet sich ab, während der Mongole sein Lumpenbündel zusammenschnürt.

»Jetzt ist niemand mehr da, Sie zu bewachen, Professor.«

»Ich bewache mich selbst.«

»In letzter Zeit bin ich oft genötigt, meine Augen zu senken oder abzuwenden, Professor. Es ist der schrecklichste aller Kriege, die ich mitgemacht habe. Werden Sie sich selbst bewachen können? Diese Leute werden vom fünfzackigen Stern angezogen oder von weiß Gott was sonst ... Es muß ihnen im Blut liegen.«

Der Buddha sitzt da. Man hat ihn aufgerichtet, als man die unteren Bretter hervorzog. Die fächerförmigen Verzierungen an seinen Schläfen sind sichtbar. Ist's darum, daß Dawa-Dortschjis Hand an ihm herumtastet?

»Es muß wirklich böse stehen, Professor, wenn Schurcha sich entschlossen hat, uns zu verlassen ... es müssen irgendwelche Geister im Spiel sein außer Hunger und Kälte. Er war treuer als ich ...«

»Werden Sie Meldung erstatten, Dawa-Dortschji?«

»Was soll ich melden? Was hat er schon für Herden? Gar keine ... und doch, er war der treueste von allen ... treuer als ich.«

Dawa-Dortschji streichelt die Hand des Buddha. Der Körper des Buddha ist heller als der des Gygen. Darum schimmert auch durch seine schmalen Tigeraugen das Lächeln.

Indessen beginnt dieses Kapitel anders, und zwar folgendermaßen:

Witali Witalijewitsch spürte plötzlich in seinen Ellenbogen ein leichtes inneres Schwitzen, als füllten sich seine ausgesogenen Knochen mit Wasser, warm wie frischgemolkene Milch. Eigentlich müßte der Geschmack kuhwarmer Milch schon vor dem Hungergefühl da sein. Er erinnerte sich trübe. Das Schwitzen wird in den Adern durch ein schwer zu bestimmendes Gefühl verdrängt. Es ist ein durchdringendes gichtisches Stechen, plötzlich dreht sich der Magen um und schüttelt den ganzen Körper. Der Professor ist überzeugt, daß Dawa-Dortschji, der gerade jetzt hinter dem Rücken des Buddha steht, mit der Frau zusammen Butterbrot ißt. Die Vorräte hat ihm der geflüchtete Mongole Schurcha gegeben als Lösegeld für die Desertion. Dawa-Dortschji ist ein Gierschlund, er kaut seine Bissen gar nicht, während Witali Witalijewitsch seit dem letzten Frühjahr gelernt hat, sein Essen möglichst langsam zu genießen. Man muß die Zähne fest aufeinanderbeißen, der Geschmack der Speise hält sich dann länger am Gaumen und am Zahnfleisch.

Dafür verspricht Dawa-Dortschji, den Professor in der Mongolei gründlich aufzufüttern. Mit Hammelbraten, mit frischer Milch, mit weichem Frühlingsbrot. Witali Witalijewitsch macht ein paar rasche Schritte hinter die Buddhastatue, das gelbe Metall ist tatsächlich sehr warm. Dawa-Dortschji hat aber rechtzeitig alles in Sicherheit gebracht, er hat wohl das Messer in der Hand, ritzt aber etwas in die Waggonwand ein. Er ist schlau.

Der Professor stellt sich, als wüßte er von nichts. Er hebt die Arme, es fällt ihm schwer, sie in ihre frühere Lage zu bringen, also senkt er sie längs des Körpers. Was für lange Arme der Mensch doch hat.

»Beabsichtigen Sie heute nicht auf Nahrungsjagd zu gehen, Dawa-Dortschji?«

»Doch, doch ... ich gehe!«

Er ist satt, was braucht er sich also zu beeilen? Aber dem Professor zu Gefallen beeilt er sich, wickelt sich nicht einmal sein Handtuch um den Hals. Dadurch wird klar, was des Professors Zweifel erregt hat, er beschnuppert das Handtuch – es riecht nach warmem Roggenbrot. Der Professor lächelt und droht der Frau mit dem Finger:

»Betrüger ihr, betrügt mich alten Mann, mich hungrigen alten Mann!«

Die Frau schmunzelt gleichfalls listig und wischt sich mit der Hand über die Lippen. Die Lippen sind fest und rot. Warum sollte auch ein Mensch, der sich gut nährt, blasse Lippen haben? Sie prahlt noch damit, offenbar. Dabei jammert Dawa-Dortschji immer, daß so wenig zu essen da ist.

Also muß Witali Witalijewitsch selbst auf seine Rettung bedacht sein. Er hält mit den Händen die Ränder seines Soldatenmantels zusammen – den Zivilmantel hat er längst mit einem Soldatenmantel vertauscht, ganz Rußland geht in Soldatenmänteln, es rast herum und führt Krieg – und läuft zwischen dem Buddha, dem eisernen Ofen und den nassen Strohhaufen hin und her. Die Frau sitzt zu den Füßen des Buddha, sie hält die Augen geschlossen, ihr Gesicht gleicht dem Monde.

Wenn ihn in früheren Zeiten die Lust zu essen ankam, hatte er sich was gekauft. Es war ein häufiger Gesprächsstoff zwischen ihm und Dawa-Dortschji, was man früher alles zu kaufen bekommen hat.

Dennoch betrügt ihn Dawa-Dortschji.

Witali Witalijewitsch bemitleidet sich. Er weint. Er ist hungrig, arm und einsam.

Er kehrt zum Buddha zurück. Es scheint ihm, als hätte er die Tat, die er sich jetzt zu vollbringen anschickt, schon längst bedacht. Begonnen hatte es im Palast des Grafen Stroganow, als er den Buddha zum erstenmal sah. Oder nein, schon damals, als Dawa-Dortschji bei ihm Geschirr wusch und die Legende erzählte. Dawa-Dortschji, der Dumme, läßt seine Leute davonlaufen, wenn sie ihn mit Nahrungsmitteln ködern, er ist satt und unfähig, an die Statue zu denken.

Er springt auf, reißt sich zusammen und beginnt auf einem Bein zu hüpfen, rund um die Buddhastatue. Die Nägel sind glatt und schlüpfrig, es ist fast widerwärtig, wie weich sie sind. Der Golddraht ist fest in das harte Kupfer eingefügt, nirgends ist ein Ende, an dem man ihn fassen und herausziehen könnte. Witali Witalijewitsch schließt die Bolzen der Waggontüre, wie in der Nacht, und zündet die rußige, stark nach Petroleum riechende Lampe an. Am Fußgestell kratzt er mit dem Messer des Gygen ein Endchen des Drahtes los und zerrt daran. Der Draht ist in den Vertiefungen mit winzigen kupfernen Nägelchen befestigt. Er schneidet ihre Köpfe ab, und das Gold stäubt in kleinen Körnchen. Seine Hände sind feucht und lassen den Draht los. Er windet das Handtuch des Gygen um die Hand. Die Frau hat er ganz vergessen, sie sitzt schreckerfüllt in einer Ecke und winselt. Er dreht sich um, sieht ihren ungewöhnlich großen Mund und über ihren spitzen Knien einen schmierigen Zipfel ihres bunten Kleides. Da droht er ihr mit dem Messer. Seine mit dem Handtuch umwickelte Hand berührt ihre Lippen, dann springt er wieder zum Buddha. Der Mund unter dem Handtuch war so schlecht zu fassen wie der Draht. Sie wird schweigen. Ihr Leben lang hat sie gelernt, Befehle zu erfüllen.

Eine Faust kann den schlecht zusammengeknäuelten Klumpen Golddrahts leicht umfassen. In einer Ecke schlägt er mit dem Beil ein Stück des Bretterbelags ab, steckt den Draht hinein und klopft die Nägel wieder fest. Mit dem Messer kratzt er den Goldstaub vom Fußboden zusammen, es ist so wenig, daß man die Körner zählen kann, und steckt ihn in die Tasche.

Die Frau wird Dawa-Dortschji erzählen, was sich ereignet hat, sie werden den Draht verkaufen, der Gygen kann dann nicht mehr Brot und Milch vor Witali Witalijewitsch verstecken.

Die vom Draht geritzte Haut zwischen den Fingern schmerzt heftig. Wozu hat er sich solche Mühe gegeben? Dawa-Dortschji hätte dasselbe tun können, er ist jünger und in allerlei Arbeiten erfahrener. Umsonst hat er sich gequält.

Doch Witali Witalijewitsch fühlt eine angenehme Müdigkeit. Außerdem hat er, nach heidnischen Begriffen, eine Gottesschändung begangen, wer weiß, ob Dawa-Dortschji eine solche Tat auf sich genommen hätte.

... Dawa-Dortschji kehrte spät zurück. Der Zug hielt an einer Ausweichstelle, das nächste Dorf lag tief in der Steppe. Dawa-Dortschji brachte einen halben Kringel heim und eine Latte, die er von einem Zaun losgerissen hatte. Witali Witalijewitsch empfand Freude bei dem Gedanken, daß der Gygen die andere Hälfte des Kringels unterwegs aufgegessen habe. Das mitgebrachte Stück wurde in drei Teile geteilt. Das Weib brühte schweigend Tee auf.

Das Herz des Professors schlug unruhig. Er erwartete, der Gygen müßte die losgerissene Latte fallen lassen und aufschreien. Doch die Frau schwieg. Wieder kam das kriechende Schwitzen in die Gelenke und der säuerliche Geruch aus den Achseln. Er aß seinen Anteil am Kringel auf.

»Wollen Sie ihn nicht nachher zum Tee aufessen?« fragte Dawa Dortschji.

Der Professor klopfte schuldbewußt mit der Hand auf seine Knie.

»Ich hatte solchen Hunger.«

»Wie Sie wollen.«

Der Gygen verlor einen Knopf seiner Soldatenbluse. Er nahm einen brennenden Span. Das Harz flammte auf; um seine Brenndauer zu verlängern, hielt er den Span hoch über den Kopf. Er suchte den Knopf auf dem Fußboden, das Harz tropfte ihm auf den Ärmel, er richtete sich auf.

Der Buddha leuchtete in hundert Fackeln, seine Brauen waren weich und rund.

Dawa-Dortschji schrie plötzlich:

»A–a–ah ...«

Er warf einen neuen Span in den Ofen, Funken stoben auf, er stürzte auf die Statue los. Seine Finger griffen nach dem Antlitz des Buddha. Er drückte die Mütze fest auf den Kopf und sprang, den brennenden Kienspan in der Hand, aus dem Waggon.

»A–a–ah!« drang es aus dem flaumigen, blauen und rosigen Schnee.

... Der Abend nistete in den festen Zweigen der Birken. Dunkelblau standen die Birken, und mit schwarzem Klang tönten die Glocken dem vorbeirollenden Zuge nach.

Witali Witalijewitsch wartete. Er knöpfte den Mantel zu und wickelte den Hals dick ein. Er war gefaßt auf Verhör und Verhaftung. Nun, immer kommt's ja nicht so, wie man erwartet. Wenn Dawa-Dortschji es für nötig befinden sollte, ihn anzuzeigen wie einen Dieb, so liegt auch kein Grund vor, den Offiziersrang des Mongolen in der zaristischen Armee zu verschweigen. Wenn schon erschossen wird, soll man sie alle beide erschießen.

Plötzlich fühlte Witali Witalijewitsch Dankbarkeit gegen das Weib Tsin-Tschjun-Tschan. Sie hat geschwiegen und wird im Verhör über den Draht nicht aussagen. Der Professor nahm ihre träge Hand und drückte sie. Sie lächelte. Ihr Gesicht war ganz jung und hatte schmale, runde Brauen. Sie berührte leicht, mit kurzen, weichen Fingern seine Stirn und sagte:

»Ljar-in!«

Das bedeutet wahrscheinlich Liebe oder sonst etwas in dieser Art, dachte der Professor.

Er erwartete, den Schnee kräftig knirschen zu hören. Menschen, die andere Menschen fangen wollen, schreiten schwer und schnell. Stark preßt der Frost ihre Schultern und kneift ihre Hände.

»Er hat also seine Fausthandschuhe noch nicht ein getauscht.«

Endlich kam Dawa-Dortschji und brachte drei Bauern mit. Einer von ihnen, rotbärtig, in einem kurzen Schafpelz mit Faltenbesatz, tupfte mit dem Finger auf die Statue und fragte einen seiner Kameraden: »Dieser?«

Der Gefragte hatte ein rosiges Kindergesicht, dabei eine heisere Männerstimme.

»Gibt viel Arbeit, Onkel.«

Sie gingen um den Buddha herum, pochten mit den Knöcheln, lobten das gute Metall. Dawa-Dortschji fuhr mit der Handfläche über das Antlitz des Buddha, über die Falten des Gewandes und tat plötzlich einen Sprung zurück. Seine Lippen waren verzerrt, Schleim spritzte in die Ohren des Professors, er fuchtelte mit den Fäusten durch die Luft:

»Gesindel, Pack, gestohlen haben sie, den ganzen Golddraht! Jetzt versteh' ich, warum sie desertiert sind!«

»Wer?«

»Die Soldaten! Immer war einer hinter mir drein, wenn ich aus dem Waggon gestiegen bin, und die anderen haben den Kasten zersägt und den Draht gestohlen! Sie ... Sie hätten doch aufpassen sollen!«

»Ich? Wieso ich?«

»Sie! Sie gehören zur Begleitung! Sie sind mit verantwortlich! Hier war für dreihundert Rubel Gold! Ich hab mich gleich gewundert, warum der Kasten so leicht auseinandergegangen ist. Die Schufte, wenn sie mir jetzt unter die Hände kommen, ich ...«

Er schwang die Fäuste empor, drehte sich zu den Bauern um und rief:

»Nehmt ihr ihn?«

Der rotbärtige Bauer nahm die Mütze ab. Eine nicht weniger rötliche Glatze kam darunter zum Vorschein; die breite, lustige Nase stand voll Sommersprossen. Der Professor lächelte ihm zu. Der Bauer sah ihn an, lächelte zurück und streckte die Hand aus:

»Geht's gut – seid ihr lang unterwegs?«

Dawa-Dortschji unterbrach ihn ungeduldig:

»Also nehmt ihr ihn?«

Die Bauern sahen sich vorsichtig an, der Rote antwortete leise:

»Na, wer weiß, ob sich das Gold abkratzen läßt. Was meinst du, Mitscha?«

Mitscha, mit einem gestrickten Sportsweater und einer Pelzweste angetan, antwortete ausweichend:

»Weiß Gott ... Hauptsache, es ist kein russisches

Stück ... und hören darf keiner davon. Von den Chinesen habt ihr die Statue, was?«

Der rothaarige Bauer schob sich entschlossen die Ärmel hoch:

»Nach der Arbeit zahlen wir, wir sind keine Menschenschinder ... wieviel wir zusammenkratzen, soviel sollt Ihr kriegen ... mit Gold ist's auch so eine Sache heutzutag', eins, zwei, drei, und gleich wird man an die Mauer gestellt!«

Dawa-Dortschji lehnte sich träg an den Ofen.

»Kratzt ab ... schnell. Wenn Ihr lange macht, wird der Waggon angehängt, und ihr müßt zurückbleiben.«

Die Bauern gingen, Werkzeug zu holen.

Der jüngste blieb im Waggon. Er scharrte mit den Stiefeln im Stroh, ging hin und her und sah in alle Winkel. Er wies mit dem Kinn auf die Mongolin und fragte:

»Deine Frau?«

Dawa-Dortschji schob die Hände tief in die Taschen:

»Nein.«

Der Bauer lachte.

»Auch zu verkaufen?«

»Nein, wird als Pfand verliehen.«

Der Bauer klatschte mit den Händen auf seinen Pelz, beugte sich zum Gygen hinüber und flüsterte ihm etwas ins Ohr. Witali Witalijewitsch empfand mit einemmal Widerwillen gegen sein rosiges, helles Gesicht. Dawa-Dortschji schob den Mann mit dem Ellbogen von sich:

»Versuch es.«

»Versteht sie Russisch?«

»Warst du im Krieg?«

»Nein.«

»Dann versteht sie dich nicht.«

Der Bauer ging unentschlossen ein paarmal an der Frau vorbei. Er schnalzte mit den Fingern, faßte sie am Ärmel und kam zum Ofen zurück.

»N-nein. Man könnt' sich anstecken. Ich hab' eine Frau zu Haus.«

Der Professor schlief schlecht. Die Bauern hatten Holz gebracht, Wärme und Dunst entströmten dem Ofen, die Kleider trockneten, es roch nach Menschenkörpern. Der Professor schämte sich und wälzte sich hin und her. Dawa-Dortschji brummte satt und verschlafen:

»Die Flöhe lassen einen nicht in Ruh ...«

Mitten in der Nacht wachte Witali Witalijewitsch auf. Es raschelte im Stroh. Es schien ihm, daß die

Luft voll Rauch war, sein Mund war ganz trocken. Durch das vom Schnee halb verwehte Guckfenster fielen blaue Lichtflecken auf den Boden. Über das Stroh kroch ein Mensch. Es war Dawa-Dortschji, der zur Frau kroch. Der Professor zog die Decke über den Kopf. Doch der Gygen kehrte rasch zurück. Der Professor fühlte seine Hand auf sich. Die Finger des Gygen liefen leicht über seinen Körper hin, befühlten seine Kleider und Stiefel. Der Gygen suchte sogar im Kissen und im Stroh der Unterlage. Dann zog er sich zurück. Er suchte Gold.

Am Morgen sagte Dawa-Dortschji:

»Diese Russen haben den Buddha bestohlen. Ich wollte ihn in Ehren nach Hause bringen. Die Russen haben den Draht losgerissen und die Vergoldung abgekratzt. Doch die Heiligkeit des Gottwesens wird durch diese Schändung nur erhöht.«

Drei Tage schabten die Bauern vom Buddha die Vergoldung ab. Am dicksten lag das Gold auf dem Antlitz des Buddha, auf seinen runden Wangen. Jetzt sprang dieses Gesicht rot, böse kupfern aus dem Gold hervor. Die Lippen wurden dunkler, die Augen traten ganz ins Innere zurück. Rings um die Statue wurden wollene Tücher gelegt. Das Gold wurde daraufgeschüttet.

»Wir kriegen's ab«, sagte der Rotbärtige.

An einigen Stellen des Körpers blieb die Vergoldung in Form gelber Flecken bestehen, von den Händen ging das Gold überhaupt nicht ab.

Als Tauschware brachten die Bauern einen Sack vereiste Semmeln, einen Malter Kartoffeln und Brennholz. Sie wickelten sorgfältig das Tuch, in das der Goldstaub gefallen war, ein und packten das vom Gesicht gekratzte Blattgold in Zeitungspapier. Dann seufzte der rothaarige Bauer tief auf und drückte ihnen die Hände.

»Billig seid Ihr zu unserer Ware gekommen, muß man schon sagen ...«

Der Gygen handelte ihm noch ein Stück zerrissenen Wollfilz ab. Aus dem Holz zimmerte er sich eine Bettstelle zurecht. Jede Minute mußte die Frau ein Scheit in den Ofen werfen.

»Wenn mir die Sache früher eingefallen wäre, für den verkauften Draht hätten wir uns die ganze Reise besser einrichten können. Jetzt hab' ich mich erkältet und spür' Schüttelfrost. Übervorteilt haben sie uns ...«

Er hüllte sich in seinen Mantel und lachte absichtlich laut:

»Ich hab' Sie heute nacht gesehen, Witali Witalijewitsch, wie Sie zur Frau hingekrochen sind. Soll ich ihr sagen, daß sie zu Ihnen nicht mehr spröde tun darf?«

»Ihre Kasernenhofscherze sind nicht mein Geschmack, Dawa-Dortschji.«

»Dann kann ich Ihnen vielleicht eine höchst sittsame mongolische Legende erzählen, Witali Witalijewitsch. Jetzt geb' ich Ihnen sogar die Erlaubnis, sie aufzuschreiben, denn ich hab' Vertrauen zu Ihnen gefaßt. Sie haben mir ja ganz genau erklärt, was Ihr Geschmack ist. Zum Beispiel die Geschichte des Hutuchtu Muniuli mit der Beschreibung seines unwürdigen und den Weibern ergebenen Lebenswandels...«

»Wie lange haben wir zu essen?«

»Bei guter Einteilung reichen die Vorräte anderthalb Monate. Bis zum Ablauf dieser Frist werden wir Sibirien erreicht haben, wo ich viele Verehrer meiner Fleischwerdung zähle und wo ich auf Speise, Trank und meiner würdige erbauliche Gespräche zu hoffen berechtigt bin.«

Der Professor kreuzte die Hände auf dem Rücken und wanderte vornübergebeugt von einer Ecke in die andere. Er beschloß, nicht mehr über den Draht zu sprechen; diese Streitigkeiten und Vorwürfe langweilten ihn. Er fragte nach dem Aimak Tuschutu-

Chan. Der Gygen schwatzte worteplätschernd, geziert und lachte zwischendurch schlürfend. Er erzählte die Geschichte seines Stammes. Sie quoll von Namen, Ortsangaben und bemerkenswerten Kämpfen über. Der Professor nahm trübe auf, hörte aber unentwegt zu.

Am nächsten Morgen fieberte der Gygen stärker. Er trank viel Tee und lag, die Hände gegen die Schläfen gepreßt, da.

Der Professor holte einen Arzt vom Roten Armeelazarett der Station. Der Doktor befühlte den Kopf des Gygen, öffnete das Hemd auf der Brust und fragte, ohne eine Antwort abzuwarten:

»Tut Ihnen der Kopf weh, tun Ihnen die Beine weh, haben Sie Fieber?«

Die Finger des Arztes waren breit, lang und flach wie Riemen. Er strich damit über den Arm des Professors:

»Medikamente gibt's bei uns nicht, aber in Omsk nimmt man ihn vielleicht noch ins Lazarett auf. Es ist alles überfüllt. Er hat Typhus. Also Kaffee, reine Wäsche und Kompressen.«

Er sah den Buddha an, klopfte mit dem Nagel daran, sagte: »Bronze«, und ging.

Der Gygen begann plötzlich kläglich nach einem

Revolver zu rufen. Obwohl der Professor den Revolver unter dem Kopfkissen verborgen hatte, steckte er ihn jetzt zu sich. Der Gygen drohte, sich zu erschießen. Er beschuldigte den Professor der Faulheit, der zuliebe er, Dawa-Dortschji, jetzt sterben müsse. Man solle ihm doch lieber gleich den Rest geben, wenn er schon aus Mangel an Medikamenten langsam zugrunde gehen müsse. Er schalt auf mongolisch die Frau aus, die auf die Knie fiel und den Kopf gegen den Boden stieß.

»Gibt es denn keine Hausmittel? Kann man keinen Kaffee beschaffen? Gehen Sie doch was eintauschen, Professor!«

Der Professor ging.

Am Abend begannen die Delirien. Der Professor dachte schamerfüllt, daß der Gygen vielleicht simuliere. Er hatte keinen Grund, das anzunehmen, doch es schien ihm unnatürlich, wie sich der Gygen die Kompressen abriß und den Kaffee zum Munde herausspritzte. Dawa-Dortschji setzte sich oft im Bette auf, stopfte sich den Mantel zwischen den Rücken und die kalte Wand und wiederholte schlaff ein und dieselben Worte:

»In dich allein geht der Geist des Buddha über ... du allein bist die Wiedergeburt des Gygen Dawa-

Dortschji ... gib mir aus meiner Seitentasche ... ich schreib' einen Brief nach dem Aimak ...«

Er steckte ihm ein Zettelchen mit mongolischen Schriftzeichen zu und jammerte wieder:

»Alle haben mich im Stich gelassen. Du allein bist im Tode bei mir geblieben. Ich sterbe schon ... ich bin wieder der Geist Buddhas ...«

Der Professor brachte heißes Wasser und legte Kompressen auf.

Dawa-Dortschji lag matt und fiebergedörrt da. Fortwährend mußte man ihm Wasser eingießen, ihn tränken. Sein Haarwuchs war ungewöhnlich dicht, aus der Nase starrten ganze Haarbüschel heraus, der bloße Anblick war ekelhaft. Das Kissen war mit einer Schleimschicht überzogen. Wenn Witali Witalijewitsch ihm den Kopf bettete, mußte er sich überwinden, um Hand anzulegen. Die Watte, die er in den Ohren trug, da er sich stets vor Erkältungen fürchtete, hatte das Aussehen schwarzer Küchenschaben.

Oft gab der Gygen lange, kehlige Laute von sich, hob die mageren Arme und begrüßte den Volkskommissar für nationale Angelegenheiten im Namen der mongolischen Rasse. Hierauf hielt er eine Rede gegen die Unterdrücker des chinesischen Volkes, die imperialistischen Mächte, und erzählte im gleichen

Atemzug, Wort für Wort, soweit sich der Professor erinnerte, die Legende von der Buddhastatue aus dem Aimak Tuschutu-Chan. Sie begann mit den Worten: »Im Jahre des Rötlichen Hasen«, und in der Vorstellung des Professors Safonow erwuchs ein großer, rötlicher Hase mit einem Hunde auf einem unendlichen Schneefelde. Er öffnete darauf die Waggontüre.

Am häufigsten ereignete sich dies, wenn der Zug im Fahren war. Gegen die Zähne des Professors flogen stechende, steinharte Eisnadeln. Ein grauer Rauch umhüllte den Waggon.

Es gibt eine Vergeltung für unsere Taten, dachte der Professor, während er zum Ofen zurückkehrte.

Das Weib – der Professor nannte es abgekürzt Tsin – wusch die Wäsche des Gygen im heißen Wasser. Es gab bloß eine Garnitur. Einmal, während des Waschens, wollte der Professor wissen, ob der Wäschestoff fest sei. Er ging zum Kessel. Seife war nicht vorhanden, die Lappen wurden bloß eingeweicht und durchgespült. Obenauf, zwischen Schmutzklumpen, schwammen graue Punkte. Der Professor beugte sich über den Kessel – es waren ausgekochte Läuse.

Mochte es aus diesem, mochte es aus einem anderen Grunde sein, an jenem Abend fühlte Witali Witalijewitsch besonders heftige Schmerzen in den Beinen, er fror, obwohl er satt war und der Ofen im Waggon hell brannte. Er saß kürzere Zeit als sonst am Bette Dawa-Dortschjis, und die Mongolin mußte sich darüber wundern, wie eilig er heute die Lampe auslöschte.

Polternd zog er sich die Stiefel aus, schlüpfte aber nicht unter die Decke, sondern saß da und horchte angespannt. Seine Handgelenke zitterten, seine Zunge leckte das Zahnfleisch.

Dann rieb er sich die Hände und sagte:

»Kalt ist's.«

Er ging zur Frau. Sie hatte den Pelz zurückgeschlagen und die Arme längs des Körpers ausgestreckt. Ihre Brüste rundeten sich wärmend ...

Am nächsten Vormittag sagte sich der Professor, er habe das getan, weil es unerträglich kalt war, allein zu liegen. Der Schüttelfrost war vorbei, und als er wie gewöhnlich nach der Station um heißes Wasser ging, trabte er lustig.

Doch auch in der folgenden Nacht schlief er bei dem Weibe Tsin. Und fortan suchte er nicht mehr nach Gründen und löschte das Licht nicht mehr aus. Einmal, am Morgen, ging Tsin, trockene Späne zu holen. Der Gygen fieberte in Delirien, er sprang auf und wollte davonlaufen. Er rief, die Bolschewiken hätten ihn während eines Aufstandes gefangen. Dem Professor schmerzten die Augen vom feuchten Rauch, er schrie den Gygen an: »Was rollen Sie so die Augen?« Die mageren, schweißbedeckten Arme des Gygen zitterten, seine Stimme wurde piepsend.

Lange dauerte es, bis Tsin mit den Spänen zum Feueranmachen zurückkam. Neben der Türe sah Witali Witalijewitsch einen großen, krummnasigen Mann in langem, bis zu den Fersen reichendem Pelzmantel. Um die Mütze trug er ein breites, rotes Band.

Der Professor steckte den Kopf hinaus:

»Was wollen Sie hier?«

»Nichts«, sagte der Mann und knöpfte den Pelz auf.

Der Professor klopfte nervös auf den Türgriff:

»Gehen Sie fort, hier liegt ein Kranker. Gehen Sie fort, haben Sie nicht gehört? Das ist ein Regierungswaggon! Machen Sie, daß Sie weiterkommen!«

Der Mann mit dem Pelzmantel ging die Böschung hinunter und brummte:

»Tu' nicht so dicke ... Regierungswaggon!«

Witali Witalijewitsch drohte der Frau mit der Faust. Sie zeigte verwirrt in der Hand die mitgebrachten Holzspäne. Sie waren wirklich trocken. Sie verstand nicht. Da fielen dem Professor die Worte Dawa-Dortschjis ein: »Unsere Frauen sind nicht imstande, sich einem Manne zu verweigern.« Er ging auf sie zu und schrie ihr ins Gesicht:

»Luder! Hure!«

Als der Morgen graute, hörte er an der Türe Rascheln. Das Weib Tsin schob den Riegel zurück, beugte den Kopf vor und lugte in die Finsternis. Ein zottiger, fellbedeckter Arm streckte sich herein und zog sie am Kleid. Sie ging fort, ohne sich umzusehen.

Der Professor faßte, rasend vor Wut, den ausgestreckten Arm des Gygen. Dawa-Dortschji richtete sich auf, seine Augen irrten über die Decke des Waggons, auf seinem Gesicht schwamm selige Freude. Der Professor wollte ihm die Arme herunterdrücken, doch er riß sich los:

»Stillgestanden!« schrie der Gygen. »Guten Morgen, Soldaten!«

Witali Witalijewitsch rüttelte ihn an den Schultern, raste um das Bett herum, bemühte sich, ihn zu überschreien:

»Hören Sie doch! Sie ist fort! Fort! Man muß ihr nachrufen: ›Zurück!‹ Ich weiß das Wort nicht auf mongolisch ... hören Sie doch zu! Es ist doch in Ihrem eigenen Interesse, daß sie dableibt! Wer wird Ihnen denn die Wäsche waschen? Soll ich vielleicht... Hören Sie doch, Dawa-Dortschji!«

»Stillgestanden! Welcher Schweinehund spricht dort im Glied? Stillgestanden! Die Augen ...!« Der Professor reißt die Türe auf und schreit mit dünner, abgeschnürter Stimme in die Nacht hinaus:

»Halloh, Sie, hören Sie doch ...«

Zwischen die Späne, die vor den Trittbrettern des Waggons liegen, rieselt der Schnee. Der Schnee ist trocken, trocken wie die Späne. Das Weib Tsin hatte sie verloren.

Sechstes Kapitel

Weiteres vom Metall, das unter Wohlgerüchen Beruhigung um sich verbreitet

»... Das Leben des Mannes ist die Fortsetzung seiner Kindheit.«

Aus dem Notizbuch des Professors Safonow

... Dröhnende, tönende Tage ließen den Zug des Buddha vorbei. Bretter, Eisen und Menschen stürmten vorwärts. Zwischen blauen Eisblöcken standen einsame Wölfe, rissen die jungen Schnauzen stramm auf und heulten wütend den singenden Stahl an. Durfte ein anderer Gesang in der Steppe herrschen als Wolfsgesang? Die Menschen haben ihre Menschengesänge und ihre Eisengesänge. Ein Schrecken dem Wolfsgeschlecht.

Dawa-Dortschji fand das Gefühl in seinen Fingern wieder. Dieses erste Tasten war verwirrend und freudvoll. Das Heben und Senken der Finger um Spannenweite, das Gleiten über die Bettdecke. Feucht und schwach lag der Körper da, die Ohren brannten. Solches Gefühl hat, sicherlich, die Blume beim Blühen. Eine trunkene, blühende Schwäche!

Neben dem Ofen sitzt unentwegt, in einen Soldatenmantel gekleidet, mit einem zerrissenen Riemen gegürtet, ein buckliges altes Kerlchen.

Der Professor!

Der alte Kerl watschelt, auf einem Bein hinkend, zum Bett hin. Dawa-Dortschji winkt mit dem Finger, flüstert ihm unter Schlucken ins Ohr:

»Bin nicht krepiert! Siehst du!«

Dabei lächelt er, glaubt, mit dem ganzen Gesicht zu lächeln, doch nur die Brauen zucken schwach und die Muskeln um die Lippen herum.

Der Professor weiß nicht, was er jetzt tun soll. Aufregen darf er ihn nicht. Er nagt die Lippen, äugt herum, schnaubt nachdenklich.

»Ja, jetzt müßt' man ihn aufpäppeln!«

»Gib her!«

Dawa-Dortschji ißt.

Der Professor füttert ihn mit in Wasser geweichten Semmeln. Der Gygen schluckt gierig das Wasser und rührt mit dem Finger im Krug herum:

»Noch!«

Um ihn abzulenken, beginnt Witali Witalijewitsch vorsichtig zu sprechen:

»Tsin ist schon drei Wochen fort, ich hab' nichts mehr von ihr gehört.«

»Noch!«

»Sie haben im Fieber gelegen. Nach meinem Ermessen hätte es genügt, ihr ein Wort zuzurufen, um sie sofort zur Rückkehr zu bewegen. Irgendein Georgier oder Tscherkesse hat sie mit sich genommen.«

»Noch!«

Am nächsten Tage ballt Dawa-Dortschji schon die Faust und zerknüllt die Bettdecke.

»Gib mehr her, alter Geier!«

»Sie dürfen nicht so viel essen, Dawa-Dortschji, Ihre Därme haben sich zusammengezogen.«

»Gib her! Noch! Ich will essen! Alles! Fleisch will ich!«

Der Professor ging und tauschte im Dorf bei der Station seinen Ehering ein. Als er mit Fleisch und Milch zurückkehrte, lag der Gygen auf dem Fußboden. Er hatte versucht, zu kriechen.

»Gib her!«

Er packte das Milchgefäß mit den Zähnen, goß sich die Milch in den Hals und schmierte sie sich mit den Fingern in den Mund.

»Noch, noch!«

Der Professor nahm die Flasche fort.

»Wir sind schon in Omsk, Dawa-Dortschji. Wo wohnen Ihre Bekannten?«

Der Gygen ist satt, er schläft.

Der Waggon steht auf einem Rangiergeleise. Tausende leerer Waggons ringsum. Zwischen den Rädern tummeln sich Hunde. Witali Witalijewitsch sammelt die in den Waggons zurückgebliebenen Bretter und Holzscheite.

Auf dem Stationskommando sagte man ihm:

»In der inneren Mongolei und Mandschurei wüten weißgardistische Aufstände, Genosse. Wir haben keine Zeit, irgendwelche Expeditionen mit Buddhas zu befördern ... sollten hingegen in Ihren Buddhas sozialrevolutionäre Aufrufe verborgen sein ... setzen wir einmal diesen Fall ...«

»Bitte, sehen Sie nach.«

»Wir haben hier täglich siebzig Züge abzufertigen, Genosse, wenn wir da jedem unters Unterzeug kriechen wollten ...«

Doch Professor Safonow nahm die Matten ab, die den Buddha bedeckten, und rieb ihn mit einem Lappen blank. Während des Reibens zeigte sich, daß ein Stück der hohen Krone abgebrochen war. Blutig glänzte das Kupfer darunter. Das Stück war nicht vorhanden. Tsin mußte es ausgefegt oder mitgenommen haben.

Der Professor sah seine Dokumente durch, eine endlose Reihe von Stempeln, Sichtvermerken, Fahrtanweisungen schmückte sie.

»Haben wir recht getan, Dawa-Dortschji, daß wir die Route über Semipalatinsk genommen haben? Um Irkutsk herum sind Aufstände. Bis Semipalatinsk geht die Eisenbahn ... aber von dort wird's schwierig.«

»Mir ist alles gleich.«

Dawa-Dortschji kneift die Augen zusammen und reibt sich die Hände, daß man die Haut knistern hört.

»Im Aimak gibt's Hammel, Fettschwänze zu fünfzehn Pfund. Das Fett tropft nur so herunter.«

»Sie werden die Hammel vielleicht nie zu sehen kriegen, Dawa-Dortschji, wenn Sie mir nicht zuhören!«

Der Gygen runzelte die Brauen.

»Ich werd' sie sehen. Ich bin schlau. Geben Sie mir zu essen, mir ist alles gleich.«

Der Professor ging, die Hände auf dem Rücken gekreuzt, im Waggon auf und ab. Der Boden war gefegt. Vor dem Buddha und um ihn herum lagen Bretter und Holzscheite. Auf den Knien, in den lotosartig zusammengelegten Händen, war griffbereit Birkenrinde zum Feueranmachen gesammelt. »Es ist unzweifelhaft der zweckmäßigste Ausweg. Doch bevor wir einen entscheidenden Schritt unternehmen, will ich Ihre völlige Wiederherstellung abwarten, Dawa-Dortschji. Unterdessen werde ich die vollständige Marschroute aufstellen sowie ein genaues Reisebudget, wenn Sie Geld haben sollten.«

»Mir ist alles gleich.«

»Essen Sie!«

Er sah runde Geschwülste auf den Kinnbacken des Gygen, es schien ihm, als ob er während der Krankheit eine unerklärliche Macht über den Mongolen gewonnen hätte. Er sagte befehlshaberisch:

»Nicht essen, nicht anrühren!«

Dawa-Dortschji stellte furchtsam die Tasse fort.

»Ich möchte aber!«

»Nicht essen!«

»Ein bißchen.«

»Gibt's nicht.«

Und der Gygen gab schüchtern bei: »Gut.«

Der Professor ging langsam durch den Waggon.

»Jetzt dürfen Sie!«

Er stäubte Holzspäne und hängengebliebene Federn von seinen Kleidern.

»Auch die zurückgelegten Stationen unserer Reise, bis zu diesem Punkte, haben mich nicht in den Gedanken erschüttert, die ich Ihnen gegenüber gelegentlich ausgesprochen habe, Dawa-Dortschji ... mehr noch, sie zeichnen sich mir immer klarer und klarer ab. Ihr heroisches Bestreben mit der Statue, dem Heiligtum Ihres Stammes, erklärt sich am wahrscheinlichsten als Stimme des Blutes, als unverstandener Drang nach dem Osten. Ihr unorganisiertes Denken, Sie verzeihen mir, hat unterbewußt eine große Aufgabe erfüllt; es hat mich erweckt und hat mich angeregt, zu wollen, was ich für ein nebensächliches und dilettantisches Streben hielt, es hat mich veranlaßt, die dringenden Vorbereitungen für ein Kolleg ›Über den komischen Sittenroman im Zeitalter des Alain René Lesage‹ zu unterbrechen und mich dafür in die weisen Strophen des Sykun-Tu zu versenken oder mich mit den Forschungen über die Person des Verfassers der ›Erzählungen auf dem südlichen Ufer des Sees‹ zu beschäftigen...«

»Trinken!«

Der Professor blies den angesetzten Staub ab und reichte ihm den Krug.

»Sie haben sich, betäubt von den Explosionen sechzigzölliger Granaten, von städtezerstörenden Tanks – solche gibt es noch nicht, aber sie werden kommen, oder mindestens glauben Sie, daß es welche gibt, da sie in Ihren Fieberträumen eine Rolle gespielt haben –, betäubt von dreißig Stock hohen Häusern und Funktürmen, dahin begeben, wohin Europa Sie gerufen hat. Doch der Geist der Jahrhunderte hat vor Ihnen gesprochen, da Europa die Decke von seiner Blöße abwarf und – einstweilen nur auf Rußland – seine Wölfe losließ. Sie erinnern sich, daß Sie, der wiedergeborene Buddha, der Gygen, durch Nacht und Feuer, selber unter Qualen, der Läuterung entgegen ...«

»Helfen Sie mir, aufzustehen.«

Dawa-Dortschji riß sich mit den langen, schmutzigen Fingernägeln die vertrocknete Haut von den Lippen. Er atmete in raschen Stößen, sein Hals reckte sich wie bei schnellem Lauf, seine Augen verschwammen wie Spinnengewebe.

»Etwa, um am Schreibtisch das ruhige Wallen der Herden zu studieren? Nicht doch. Um sie in der Freiheit zu erfühlen, wo sie dem Fließen des Wassers in Seen gleichen. Ihre weichen Rücken duften nach Schilfrohr und Erde, die von praller Sonne gewärmt wird. Sanfte Frauen, deren Liebe nicht durch Eifersucht getrübt wird, Tempel mit Buddhas, deren Lächeln vom Himmel stammt ... Dies und noch ein anderes haben Sie erstrebt, Dawa-Dortschji ... Das andere, das Köstlichere, trage ich. Ich überwinde die höchsten Pässe, mit ungeheuren Felsblöcken ist mein Weg verlegt. Die Zivilisation, die Wissenschaft, sie spalten unter Donner die Erde... Von dem bloßen Gedanken, daß ich einer der Mächtigen der Erde bin – dieser, vielleicht dumme, stolze Gedanke ist das Allerwichtigste –, von ihm sich loszureißen, ist das Schwerste. Dieser glänzende, zwecklose, dumme Helmbusch, der vom Haupte weht. Meine Verwurzelung aber, dort zwischen Herden und Götzentempeln, die Verwurzelung meiner einzigen Seele, wird der größte Sieg sein, der über Finsternis und Donnergetöse rings um uns errungen wurde, und wir werden, auf unsere Art, mitten durchbrechen. Die Ruhe, die ich immer stärker und stärker fühle, als bade mein Herz sich in lauen und duftenden Gewässern...«

»Etwas zu essen will ich!«

Durch den schnell schlingenden Schlund und die vor Gier feuchten Augen des Gygen blickte dem Professor die freudige Zustimmung Dawa-Dortschjis entgegen. Der Gygen schwieg noch, die Worte, die das Essen betrafen, die er verknäuelt herauslallte, herausschleuderte, konnte man sie auch nicht Sprache nennen, waren doch verständlich.

Safonow trug in sein Notizbuch, das ihm in Jekaterinburg – anläßlich einer Versammlung zu Ehren der dritten Internationale – ein Fräulein in zerrissenem Jumper unter schämigem Augenblinzeln »zur Erinnerung an die Buchdruckergewerkschaft« überreicht hatte, folgendes ein: »Es schneit. Dawa-Dortschji versucht zu sitzen. Es fällt ihm noch schwer. Man müßte untersuchen, welchen Einfluß die Kulturen des Ostens auf Sibirien genommen haben. Ihr Zusammenhang mit den Revolutionen. Der Kampf mit der Finsternis währt hier besonders lange. Der Einfluß ist schwach, er wird vernichtet.« Eine spätere Eintragung lautete: »Das Leben des Mannes ist die Fortsetzung seiner Kindheit.«

Dawa-Dortschji stand vom Bett auf. Er stützte sich gegen die Wand und schwankte zur Türe. Der Schnee lag hoch und locker. Die Waggons standen tief drin, ohne Räder hatten sie ein komisches Aussehen, wie Konfektschachteln.

»In der Stadt hab' ich meine Leute«, sagte der Gygen, »bei denen gibt's zu essen.«

Der Professor zog sich eilig an.

»Wollen Sie mir die Adressen geben?«

Der Gygen lächelte plötzlich. Der Professor bemerkte, was für ungewöhnlich große Backenknochen er hatte, als wären die Ohren fast unter die Augen gerückt worden. Die Haut auf den Backenknochen war dunkel und sicherlich so dick und fest wie Schwielen.

»Ich weiß ... ja, ich hab' sie ganz vergessen.«

Er lächelte fortwährend, jetzt verbreitete sich das Lächeln über das ganze Gesicht, das noch magerer schien. Er hielt die langen Finger vor den Mund:

»Vergessen, ganz vergessen ... das war nicht die Krankheit, sondern meine neue Fleischwerdung ... ja. Bringen Sie mir, bitte, was zu essen.«

Der Professor ging in die Stadt. Er suchte das Haus der Geographischen Gesellschaft. Im Museum schlief ein zusammengewürfelter Haufe von Soldaten. Beim Eingang zur Bibliothek saß auf den Treppenstufen ein Mann in Filzstiefeln und einem samojedischen Hemd, das Fell nach innen. Der Hemdkragen trug den Stempel des Museums.

»Zu wem wollen Sie?«

Der Professor wollte den Vorsitzenden der Gesellschaft sprechen. Die gesamte Leitung mit dem Vorsitzenden war aber wegen Teilnahme an einer gegenrevolutionären Verschwörung verhaftet worden. Das Samojedenhemd beklagte sich:

»Den Spiritus aus den naturwissenschaftlichen Präparaten haben sie ausgesoffen, mit dem ausgestopften Krokodil hat man den Ofen geheizt, die Schildkröte benutzen die Kinder als Rodelschlitten.«

Wo kann Professor Safonow etwas über die Mongolei erfahren? Was kann schon das Samojedenhemd von der Mongolei wissen? In den Glasvitrinen ist darüber nichts vorhanden. Der Mann bewacht die Bibliothek, damit nichts gestohlen wird, das ist alles.

»Wenden Sie sich an den Vollzugsausschuß.«

Das Fräulein im Vollzugsausschuß schickt ihn in die »Kirgisische Sektion«. Dort sitzt ein junger Muselmann und übersetzt das »Kommunistische Manifest« ins Kirgisische. Auf die Frage des Professors antwortet er: »Genosse, wissen Sie vielleicht mit Schreibmaschinen Bescheid? Wir müssen auf unserer Tastatur unbedingt sofort statt russischer Buchstaben das kirgisisch-arabische Alphabet haben.« Nein, Mongolen befänden sich nicht in der Stadt, sie hätten sich, weiß Gott wo, versteckt, übrigens, wenn der Genosse der mongolischen Sprache kundig sei, könne man ihn mit Übersetzungsarbeiten sehr gut beschäftigen ...

Der Waggon steht hinter Omsk.

Dawa-Dortschji steigt aus, unsicher und schwankend, als wären seine Beine aus Papier. Witali Witalijewitsch stützt ihn unter den Armen.

»In Nowo-Sibirsk werde ich veranlassen, daß man uns über die südliche Linie nach Semipalatinsk befördert.«

»Ist mir alles eins.«

Kaum hatte Dawa-Dortschji genug Kräfte gesammelt, um sich allein die Stiefel anzuziehen, griff er schon nach dem Kochtopf.

»Wo wollen Sie hin?«

»Die Waggons entlang, die Soldaten um Grütze bitten.«

»Das kann ich besorgen! Sie werden einen Rückfall erleiden, Dawa-Dortschji.«

»Ich bin nicht krank. Woher soll ich einen Rückfall haben? Sie kriegen bestimmt keine Grütze ... Sie sind ein alter Knochen und sehen aus wie ein Chinese.«

»Dawa-Dortschji, ich trage die Verantwortung ...«

»Warum lassen Sie mich hungern? Sie fressen wohl selber alles heimlich auf?«

Der Professor schämt sich, an den Golddraht zu denken. Mag er in der Ecke liegen, fest mit Brettern vernagelt, und zusammen mit dem Waggon verderben. Für sich selbst hat ihn Witali Witalijewitsch nicht berührt, und er wird ihn nicht berühren – er ist kein Dieb. Bei diesem Gedanken beruhigt er sich.

Der ganze Buddha liegt unter einer dicken Staubschicht, nur an den Windungen der Brauen haftet seltsamerweise kein Staub. Der Rücken hat einen grünlichen Belag: der Professor hat ihn mit Fett eingeschmiert, das er mit einem Lappen von den Waggonrädern gewischt hat.

Eines Tages glaubt er, in einem Zuge, der Kommunisten an die fernöstliche Front bringt, zwischen zahlreichen Lederjacken den Genossen Anissimow zu erkennen. Genau hat er übrigens nicht hingesehen. Er eilt auf die Kommandantur und wartet. Wenn Anissimow wegen einer Nachfrage hinkommen sollte, wird er ihn festhalten und sagen, daß sie den Buddha während der Fahrt hinausgeschmissen haben und daß er, der Professor, nach Petersburg zurückwill.

Er wartet vergeblich, Anissimow kommt nicht.

Dawa-Dortschji bringt den Kochkessel voll Kohlsuppe und Grütze zurück. Er ißt gierig, greift mit den Fingern ins Essen, als wollte er die Hände mit Fett tränken. Sein Löffel ist ringsum abgenagt, das Metall weist die runden Spuren der Zähne auf. Seine Zähne scheinen gewachsen und geschärft zu sein. Dem Professor wird übel, wenn er hinsieht. Die Grütze ist dunkel und dick, sie sieht wie Erde aus, der unangenehme Geruch, der von ihr ausströmt, verbreitet sich im Waggon ...

Der Gygen richtete kaum ein Wort mehr an den Professor. Auch fragte er nicht nach der Reise. Seine Bewegungen wurden rascher, sein Gang aufrechter.

In Nowo-Sibirsk blieb er einen ganzen Tag verschwunden.

Der dortige Stationskommandant machte ganz unerwartet eine sofortige Eintragung, nachdem er die Wünsche des Professors Safonow gehört hatte: »Ist auf gewünschter Marschroute zu befördern und von allen Eisenbahnbehörden zu unterstützen.«

Es war Abend geworden. Der Professor irrte lange zwischen den Geleisen herum, bis er seinen Waggon fand. Die Aufschrift war von der Tür abgekratzt, was ihm beim grellen Licht der Bogenlampen in die Augen fiel. Man muß sie erneuern, dachte er.

Dawa-Dortschji saß auf seinem Bett. Er trug eine offenstehende neue Weste aus Ziegenfell und besserte den Kragen seiner Bluse aus.

Der Professor fragte unaufmerksam:

»Haben Sie das geschenkt bekommen?«

Er wollte einen Scherz machen und dem Gygen einen Schreck einjagen, daß ihnen die Weiterfahrt auf der südlichen Strecke verboten worden sei.

»Ja, das ist ein Geschenk.«

Der Professor, ganz bei seinen eigenen Gedanken, sagte, als spräche er zu sich:

»Schau, schau, seit wann bekommt denn ein Landstreicher Pelzwesten geschenkt?«

Der Gygen machte eine an ihm ungewohnte Bewegung: er stemmte die Hand in die Hüfte. Sein Gesicht verlängerte sich, der Professor sah das Weiße in seinem Auge. Die Stimme Dawa-Dortschjis klang hoch, fast schreiend:

»Du Lump, du, schau, daß du fortkommst! Verrecken könnt' ich hier bei dir! Verhungern läßt du mich! Ich fahr' nicht weiter! Ich bleib' hier! Ich werd' hier gebraucht...«

Er versuchte, seine schwachen Arme hochzuschwingen, dem Professor schien der Gedanke furchtbar, daß diese Arme vom Körper wegfliegen könnten. Der Gygen knöpfte seinen Mantel auf, vergaß, was er wollte, und knöpfte ihn wieder zu. »Natürlich, natürlich, Ihre Sache...«

»Ich habe ganz etwas anderes ausgedacht, Dawa-Dortschji... ich glaube, wir können darüber einig werden. Ich könnte mir schließlich Geld verschaffen, die Marschroute hab' ich in der Tasche. In solchen Fällen, wissen Sie...«

»Denunzieren Sie mich, gehen Sie hin, denunzieren Sie mich, ich hab' in meinen Fragebogen selbst eingeschrieben: Offizier!«

Der Professor sah ihm ins Gesicht: die Haut war aufgesprungen, die Lider geschwollen, ein rotes Gerstenkorn wucherte. Dawa-Dortschji rief seine neue Widergeburt aus: er sei von jetzt an nicht mehr Buddha, kein Gygen mehr, auch nicht krank. Er sei gestorben und habe seinen Geist dem zurückgelassen, der hier, nebenan, mit Gold gefleckt, sitze. Der sehe aus wie ein Kranker.

Der Professor sagte leise:

»Lassen Sie Ihre Witze, Dawa-Dortschji. Sie sind Offizier, sind so gut wie russischer Nationalität. Wollen Sie vielleicht bei den Bolschewiken in Dienst treten? Als anständiger Mensch haben Sie Ihren Verpflichtungen nachzukommen. Ich glaube von dem, was Sie sagen, kein Wort.«

Dawa-Dortschji zog aus seiner Tasche ein Bündel Papiere, das in das Taschentuch des Professors eingewickelt war. Er schmiß es aufs Bett.

Dawa-Dortschji schreitet in aufrechter militärischer Haltung der Türe zu. Seine Beine sind etwas krumm. Er öffnet die Türe mit einem Fußtritt.

Dawa-Dortschji, der Gygen und Lama, geht.

Er murmelt etwas von seiner neuen Fleischwerdung, und man weiß nicht, glaubt er daran oder nicht. Oder er glaubt vielleicht den Gesprächen der Soldaten in den Waggons: das Bähnle habe sich in der Tundra verirrt, tausend Jahr' könne man auf Anschluß warten. Vielleicht auch beherrscht – nach dem ausgestandenen Typhus – der Magen durch die Beine den Körper. Die Beine aber gehen dahin, wo Nahrung winkt.

Der Gygen kroch unter dem Waggon durch, um den Weg abzukürzen, und rief hinauf:

»Von dir hab' ich genug, alter Knaster! Fahr allein zum Teufel!«

Siebentes Kapitel

Was Chisret-Nagim-Bey dachte und was der Soldat der Roten Armee, Sawoska, hätte denken können. Von der Steppe im Frühling, von Feldmäusen und (wie stets in meinen Werken) von bunten Kräutern und Winden

»... Im Rauch, im kleinen Rauch des Dorfes ferner Menschen lieb' ich meinen Rauch, der vom Platze zwischen den Hütten aufsteigt. An den Türen und auf dem Hofe liegt kein weltlicher Staub, im leeren Zelte wohnt genügsame Freiheit. Lange lebte ich im Käfig.«
Tao: »Mein Garten«

Die Fahrt geht weiter. Eisenbahner sind sich überall gleich – in Schafspelzen und mit Laternen, deren fettiges Licht niemals und nirgends leuchten kann. Der Waggon wird angehängt, die Pelze reiben sich an Puffer und Wand.

Der Professor wälzt sich von rechts nach links und von links nach rechts: seine Einsamkeit entzündet sich an Zwiegesprächen mit der Statue.

»So wälzt sich der Tuschpinsel über das Papier, und unverständliche Zeichen geben dem Unverstandenen Bedeutung. Dem Buddha ist es unverständlich, warum der Mensch diese Zeichen malt.«

»Lüge! Dem Buddha ist alles verständlich. Von kupfernem Zorn erglüht sein Antlitz. Die Lotosblumen in seinen Händen sind wie Eisschollen im Frühlingsbach. Seine goldenen Finger zerbrechen die Bläue, wie Morgensonne die Gipfel der Berge bricht. Seine Klerisei gleicht weggeworfenem Gerümpel.«

Der Mann liegt auf der Strohschütte des Waggons. Sein Nacken gräbt sich ins Kissen, sein Kopf zuckt in die Höhe, er ereifert sich klirrend:

»Um zu stehlen, hat er das Gold genommen! Entwischen wollte er, allein wollte er fahren! Aber ich, ich fahre!«

Der Mann braucht nicht den Kopf zu heben. Er ist allein und hört sich selbst sehr gut. Seine dünnen Lippen sind scharf, fast feindlich:

»Zittert und neigt euch vor dem, der euch das Heiligtum zuführt. Öffnet die aus Lehm gefügten Klöster, daß die Ruhe von dort auf ihn strahle. Er selbst durchschreitet die letzten Düsternisse. Er...« Wenn man zu sich selbst spricht, muß es mit hoher und grober Stimme geschehen. Er spricht in dieser Art zu sich. Er wiederholt sich viele Male:

»Ein Suburgan* ist zurückgelegt, friedlich zurückgelegt mit dem Buddha, ein Strauß erblühten Padma-

* Eine Art buddhistischer Kapelle, im Sanskrit »stupa«

Lotos'... Bloß einen Suburgan hat Dawa-Dortschji zurückgelegt. Der zweite Suburgan ist das Eindringen in die große Weisheit, die Verwandlung in den Buddha – zu ihm ist Dawa-Dortschji nicht vorgedrungen... Vor dem zweiten Suburgan hat Dawa-Dortschji den Rückzug angetreten.«

»Lüge! Der Buddha denkt nicht so. Die Augen des Buddha sind von Staub verweht:

›Das Antlitz des selig Entschlafenen flammt im Kupfer des allvollendeten Sieges. Die Erhabenheit der außerordentlichen Ewigkeit begründet sich auf sein gleichmäßig gepaartes Kinn gleich dem Vogel, der über der Wüste schwebt... seine Wimpern sehen binnen einer Stunde die Erschaffung einer Million Suburgane. Seine Wimpern sind wie der Schlaf, der sich von Leiden geschieden hat. Seine Kraft ist von farbigem Metall, denn er ist – Buddha.‹«

Professor Safonow war Europäer. Er wußte: um nicht denken zu müssen, ist es notwendig, Leib und Verstand mit Bewegung zu beschäftigen. Durch unaufhörliche Bewegung, ohne den Sinn der Bewegung zu bedenken, ist Europa in Finsternis geraten. Der Osten ist unbeweglich, nicht umsonst ist sein Symbol der lotosgleiche Buddha.

Witali Witalijewitsch bewegt sich und vollführt

seine gewohnten Arbeiten im Waggon. Nachts, unter dem Einfluß der Finsternis und Verzweiflung – es ist bitter, allein zu sein –, könnte er eine Anzahl dummer Ausrufe und Gestikulationen von sich geben. Doch jetzt steht es so: er ist Europäer, er hat seine Aufgabe zu erfüllen. Überdies genügt dem zivilisierter Europäer ein Tag, sogar der Ablauf einiger Stunden, um mit seinen seelischen Erregungen fertig zu werden. Er hat den Auftrag, den Buddha zur mongolischen Grenze zu bringen und ihn den Vertretern des mongolischen Volkes zu übergeben. In Petersburg besitzt er eine Wohnung, Bücher, Möbel und Manuskripte, die Arbeit seines Lebens. Er wird zurückkehren, wenn er den Auftrag erfüllt hat. Wenn man dem Gedanken Raum gibt, die mongolischen Lamas könnten ihn aus Dankbarkeit für seine Verdienste als Gast zu behalten wünschen, warum sollte er dann nicht dort bleiben und das Ende der Revolution abwarten oder sich einfach eine Zeitlang erholen und neue Kräfte sammeln? Seine eigene Meinung, so wie die anderer, war es jedenfalls: er hatte die Pflicht, bis ans Ende zu gehen. Er wird den Buddha begleiten.

Professor Safonow riß die Bretter los und steckte sich ein Stück Golddraht in die Tasche. Wo Getreide wächst, da blüht Gold. Im nächsten Dorfe – der Zug fuhr so langsam, als wollte der Lokomotivführer auf jeder Station niederkommen, fortwährend wurde Wasser in den Tender gegossen, und die Stationsvorsteher wimmelten herum wie die Hebammen – bot der Professor den Bauern ein Stückchen Golddraht in Länge eines Streichholzes gegen Brot und Butter an. Ein dicker Bauer, ein Gestell wie ein Wagen auf niedrigen Rädern, in grauer Friesjacke, faßte das Drahtstückchen vorsichtig wie einen Wurm an. Er rollte es auf der Handfläche, biß hinein, ließ es auf Eisen aufklingen und gab es zurück. Dann nahm er es wieder, schnüffelte, tat einen zweiten Probebiß und gab es wieder zurück. Er holte einen Kringel und sagte:

»Das ist, vielleicht, wirklich Gold, aber nimm's lieber zurück. Gold ist Gold, aber vielleicht ist's eine Reliquie. Jetzt kommen alle möglichen Leute zu uns... Wenn's noch ein Ring wär' oder, der Böse flieh' es, ein Kreuz...«

Der Professor nahm den Kringel und ging. In einer anderen Hütte gab man ihm einen Mehlfladen oder Kartoffeln, doch das Gold wollte keiner nehmen.

Nachts lag er vor der verriegelten Türe – wenn man dagegenpochte, preßte er fest die Lippen an den

Türspalt, damit kein Echo im leeren Waggon entstünde, und rief hinaus: »Besetzt! Regierungswagen!« Die Bretter der Wand krachten, heisere, zotige Stimmen erklärten, seine Mutter sei eine Hure – bis der Zug endlich weiterfuhr.

In den getreidereichen Dörfern des Altaigebirges tauchten sackschleppende Hamsterer auf, hockten herum wie die Laus in der Kälte, wälzten sich zwischen den Waggons, unter den Rädern, traktierten sich mit Mutterflüchen und Gotteslästerungen. Und mit den gleichen Mutterflüchen gruben die Bauern, die man zu Schipperkolonnen zusammengetrieben hatte, flache Gruben bis zu halber Mannshöhe, warfen die Leichen der Getöteten hinein und stampften sie mit den Füßen zusammen, damit mehr in die Grube gingen. Im Frühjahr werden die gefrorenen Leichen auftauen, anschwellen, platzen, aus den Gräbern hervordrängen. Weithin wird die Erde Gestank ausströmen. Den Pflüger vertreibt's vom Acker.

So fuhr Professor Safonow in den Frühling.

Tag und Nacht weht – besonders heftig am Morgen – über Semipalatinsk der gelbe Sand. Ganze Steine, hausgroße Felsen, weht es aus der Wüste herein. Der Irtyschfluß nährt Pappeln, sonst würde der

Sand das Wasser wie ein Kerzenlicht ausblasen, auch das Gras, selbst den Himmel. Der Himmel spiegelt sich im Irtysch wider. Davon lebt er.

Professor Safonow steht im Zimmer des Kommandanten des Semipalatinsker Bahnhofs. Der Kommandant trägt auf der linken Brust eine rote Schleife. Sein Gesicht ist grau und trocken wie das einer Behörde. Der Kommandant hat die Gewohnheit, Papiere von einer Ecke quer zur anderen zu beschreiben, die Finger, die die Feder halten, haben auch etwas Eckiges. Er liest des Professors Frachtbriefe, Fahrscheine, Dokumente und sonstige Papiere. Er liest lange, als stellte er auf jeden Buchstaben seinen Stiefel. Die Wanduhr im Kommandantenzimmer ist heiser vor Langeweile. Der Anblick des Professors verursacht Langeweile wie das Bürgerliche Gesetzbuch. Auch ist der Professor schlecht herausstaffiert, er schämt sich seines Anzugs. »Setzen Sie sich, Genosse...«, der Kommandant sucht lange, als wäre der Name in den Papieren verlorengegangen... »Genosse Safonow. Warten Sie...«, er sucht wieder, »Genosse Safonow.«

Endlich legt er die Papiere zusammen und biegt sie nach der anderen Seite, als wollte er sie noch einmal durchlesen. Er schiebt die Hände in die Ärmel, daß sich die Ränder berühren, und schaut vor sich hin.

»Sie sind also angekommen?«

»Ich habe eine Bitte an Sie, Genosse Kommandant.«

Das Gehirn des Kommandanten ist wie mit Sand verschüttet, er wendet jäh den Kopf und reißt mit einem Kraftaufwand, als geschehe es zum erstenmal, die Augen auf.

»Was für eine Bitte?« fragt er argwöhnisch. Seine Augen blinzeln, beschatten die Wangen, die Nase. »Was für eine Bitte, Genosse?«

»Die Buddhastatue, die ich zu begleiten beauftragt bin, ist vom Waggon abgeladen worden und liegt ohne jede Aufsicht auf dem Hofe. Ich fürchte, daß sie Beschädigungen erleiden könnte. Die Statue hat nicht nur archäologischen oder religiösen, sondern auch einen hochkünstlerischen und sozialen Wert. Der Rat der Volkskommissare der Nördlichen Kommune hat mich beauftragt...«

Der Kommandant ließ mit Bedauern seine Ärmel auseinandergleiten, griff sich an Brust und Nase und blies sich in den Schnurrbart, als wollte er ihn wegblasen:

»So-o. Abgeladen. Na, schön. Soll sie vielleicht ein Jahr im Waggon liegenbleiben? In Petersburg ist wohl alles sehr teuer? Habt ihr Brot dort?«

»Ich bitte Sie, Genosse Kommandant...«

Der Kommandant steht auf und dreht den Stuhl langsam und schwer, als wär's eine Kuh, herum. Er betastet die Sitzfläche, seine Stimme, langgezogen wie ein Tau, dehnt sich ins Nebenzimmer.

»Sergej Nikolajitsch, he!«

Ebenso langgedehnt, doch dick wie ein Balken, rollt es aus dem Nebenzimmer zurück:

»Ja–a–a...«

»Kommen Sie doch her!«

Es erscheint aus dem Nebenzimmer ein kleiner Mann mit unwahrscheinlich langem schwarzem Schnurrbart. Für solche Schnurrbärte muß die Baßstimme geradezu erfunden worden sein. Beide lesen die Dokumente des Professors gemeinsam. Auf einmal erhebt Sergej Nikolajitsch ein dickes und breites, wie mit Teer verschmiertes Gelächter.

»Einen Bu – u – uddha! Einen Gott! Donnerwetter! Ho – ho – o!«

Der Kommandant starrt ihm in den Mund, hält lange den Atem an, und plötzlich, als gingen sie Hand in Hand, lacht er gleichfalls los. Die Salven des Lachens wälzen sich über die Tische, die Stühle kippen um. Die Tippfräuleins kommen angelaufen, sperren die Augen auf, stupsen sich gegenseitig, und auf einmal geht auch bei ihnen quiekend, hüpfend, perlend, glucksend das Lachen los. Verschlafene Soldaten gucken den Fräuleins über die Schultern, der ganze Korridor dröhnt vor Lachen. Selbst auf dem Bahnsteig lehnt noch eine alte Vettel an einem Holzstapel und schüttelt sich.

Doch mitten drin reißt der Kommandant seinen Revolver aus dem Futteral und schreit:

»Schert euch fort! Wer wagt es, die Arbeit hier zu hindern!«

Er reibt sich die Tränen aus dem Schnurrbart und wendet sich besorgt an Sergej Nikolajitsch:

»Sind die Unterschriften echt?«

»Halbwegs.«

»Man müßte revidieren, ob sie wirklich echt sind.«

»Wie soll man revidieren?«

»Vergleichen müßte man.«

»Wir haben hier keine Originalunterschriften aus Petersburg.«

Der Kommandant holt langsam, wie mit Eimern aus einem Ziehbrunnen, einen neuen Gedanken herauf:

»Wenn keine Originalunterschriften aus Petersburg hier sind, so heißt das, daß sie falsch sind ... wenn er echte Unterschriften hätte...«

Der Professor möchte spucken, schreien, brüllen.

»Gestatten Sie eine Bemerkung, Genosse Kommandant, ich komme doch mit diesen Unterschriften aus Petersburg.«

»So, aus Petersburg? Was hier geschieht, in unserm Wirkungskreis, bestimmen wir allein. Für Sie handelt es sich darum, von Semipalatinsk weiterzukommen. Dazu gehören echte Unterschriften.«

Die Baßstimme Sergej Nikolajitschs poltert wie ein in ein leeres Haus geworfener Ziegelstein:

»Wenn die Unterschriften echt sind, ist die Sache richtig, nach meiner Meinung.«

Der Kommandant setzte sich auf den Stuhl und schob wiederum die Ärmel ineinander. Wieder steigt es aus der Gedankenzisterne, Speichel plätschert über die Lippen.

»Soll man vielleicht telegraphisch um Bestätigung anfragen?«

Die Ärmel rücken aufeinander los wie gekoppelte Waggons, er denkt laut:

»Merkwürdig, warum schicken sie uns einen Buddha? Wollen sie, daß wir Chinesen werden? Wir können ihnen hier aus alten Kirchenglocken zehn neue Buddhas gießen. Sehr merkwürdig!«

»Sehr merkwürdig«, sekundiert die Baßstimme Sergej Nikolajitschs.

»Wollen wir ihn besichtigen, Sergej Nikolajitsch?«

»Besichtigen wir ihn!«

Sie gingen zu dritt nach dem Hof des Güterbahnsteigs. Hinter ihnen drein rannte ein Tippfräulein mit einem Aktenstück zur Unterschrift. Sie hielt das Blatt gegen den wehenden Sand, sofort war die Tinte trocken. Der Kommandant setzte geziert wie ein Tänzer einen Fuß auf die Statue. Sergej Nikolajitsch fuhr mit dem Finger die abgebrochene Krone entlang. »Beschädigt.« Die Ärmel des Kommandanten schmolzen aufs neue ineinander.

»Die Finger sind aus Gold?«

»Vergoldet.«

»So, so, läßt man aus Petersburg goldene Finger heraus?«

Er wackelte mit dem Kopf:

»Schaden kann er nicht anrichten. Von mir aus kann er hier liegenbleiben.«

Der Professor steckte die Dokumente in die Tasche.

»Ich fahre mit ihm weiter.«

»Nehmen Sie ihn! Was wollen Sie eigentlich von uns?«

»Daß Sie eine Wache aufstellen.«

»Eine Wache?«

Der Kommandant blickte Sergej Nikolajitsch an. Dieser gab ein innerliches Brummen von sich:

»Eine Wache kann man stellen.«

Der Kommandant nickte so schnell Beifall, daß man um seinen Hals fürchten mußte:

»Gut. Genosse Sawoska wird Posten stehen. Er schläft gern. Da hat er Gelegenheit.«

Der Soldat Sawoska war kurzbeinig und pflegte so langsam zu gehen, als ob seine Beine im Boden wurzelten. Seine Wimpern waren kraus. Den Mantel trug er gerollt. Er rollte ihn neben der Statue auf und breitete ihn aus, worauf plötzlich seine Beine sichtbar wurden. Hierauf steckte er sich eine Zigarette an, tupfte mit dem Finger auf den Buddha und grunzte mit sichtlicher Hochachtung: »Kupfer.«

»Du, Onkelchen, weißt du keine Märchen?« wandte er sich an den Professor. Doch bevor Witali Witalijewitsch zu antworten vermochte, war der Wachtposten eingeschlafen.

Professor Safonow schluckte Staub. Er hatte einen seltsamen Geschmack im Munde, der sich in der Schläfengegend als Kälte fühlbar machte. Der Schnee taute, doch alle Leute trugen hier die Pelzmützen tief in die Stirn gedrückt, als wär' es Winter.

Als der Professor den Bahnhof verließ, blieb er mit dem Mantel an einem Zaun hängen. Er dachte, es sei ein Nagel, der Nagel erwies sich jedoch als menschlicher Finger, und hinter dem Finger war ein Mensch in einem tatarischen Halbrock, der einem verfallenen Zaun ähnlich sah. Der Rock packte den Professor bei der Tasche und ließ eine Stimme vernehmen, rund und klappernd wie ein Haufen hingeworfener Münzen:

»Du gibst acht auf deinem Geld ... hier sein Betrüger, nix als Betrüger ... was haben du gebracht?«

Der Professor konnte sich nicht von der Stelle bewegen. Es hielt ihn wie mit Enterhaken fest.

»Können Sie mir, bitte, sagen, wo sich hier der Sowjet befindet?«

»Sowit? Hier gibt viel Sowit ... Sowit hat viel Haus. Mein Haus hat auch Sowit. Ein Sowit kann stecken in Gefangnis. Bilimschan sitzt schon fünfter Monat im Gefangnis ... Sowit nix handelt, gibt alles umsonst ...«

»Ich möchte zum Vollzugsausschuß der Sowjets.«

»Dort groß Haufen Mensch, nix furchten, ich dich führen.«

Der Tatar erkundigte sich weitschweifig nach der Reise und den Waren, die man auf der Eisenbahn durchlasse. Im Vorzimmer des Sowjets wartete er.

Nach Beendigung seiner Angelegenheiten sollte der Professor mit ihm Tee trinken gehen und bei ihm übernachten. Der Tatar stieß ihn in die Schultern und schmatzte immerzu: »Bei mir guter Bett, weicher Bett.« Womit bezahlen? Da puffte ihn der Tatar schon freundschaftlich in die Rippen:

»Du bitten, Sowit allen gibt ... mit Händen mehr herumfuchteln ... groß jammern ...«

Der Sekretär des Vollzugsausschusses las die Reisedokumente rasch durch. Er war lang und rund, seine Schultern schnitten fast in gleicher Höhe mit dem Kopf ab. Über den Tisch ragte er wie eine Tuchrolle. »Sie hätten bis Irkutsk fahren sollen.«

»Wir wollten nicht die Bewegungen unserer Truppen aufhalten. Ich will von Semipalatinsk nach Lepsinsk, dann nach dem See von Tschulak-Perek, von dort über die Postenkette nach Sergiopol und weiter über die Kosakendörfer zur Grenze ...«

»Aber das ist doch eine förmliche Expedition. Und der Buddha? Was soll der Buddha dabei? Und wo sind Ihre Gefährten?«

»In die Armee eingetreten.«

»Noch besser! Sie sind also allein?«

Sie gingen in das Zimmer des Vorsitzenden hinüber. Der Sekretär zeigte höhnisch auf die Papiere.

»Ein Buddha ist gekommen. Er fordert Pferde an.«

Der Vorsitzende rollte wütend die Augen. Er war eine Seele von Mensch und glaubte deshalb, immer grob sein zu müssen:

»Schmeißen Sie ihn auf den Misthaufen! Agitatoren werden bei uns mit Kamelen befördert, und er verlangt Pferde. So was bringen Sie zu mir, ausgerechnet zu mir! Ich werd' Ihnen geben...«

Der Sekretär verwandelte sich wieder in die Tuchrolle.

»Wenn Sie es wünschen, werde ich Ihre Angelegenheit in der nächsten Plenarsitzung des Sowjets zur Sprache bringen. Lassen Sie Ihre Papiere hier, und kommen Sie Mitte der Woche wieder. Haben Sie schon Lebensmittelkarten? Als Kommandierter wenden Sie sich an die Gouvernements-Verpflegungs-Kommission, Büro des Genossen Nikitin.«

Der Professor nahm seine Papiere zurück:

»Dann gestatten Sie, daß ich selbst schau', wie ich weiterkomme?«

»Bitte, Genosse, nur möchte ich Sie warnen...«

Der Sekretär schrieb einen Passierschein aus: »**Für Professor Safonow als Begleiter der Buddhastatue bis an die Grenze des Semipalatinsker Gouvernements.**«

Der Tatar Chisret-Nagim-Bey wartete am Ausgang.

»Du haben bekommen?«

Der Professor ging in die Verpflegungs-Kommission, seine Karten zu holen. Chisret-Nagim-Bey würde ihn verpflegen und alles sehr billig berechnen. Ob er Mohammedaner sei? Nun, warum nicht, manchmal gebe es ja auch christliche Tataren. Über die Mongolen sei hier nichts bekannt. Die Mongolen nomadisierten in der Steppe, wie auch die Kirgisen. Ob der Mann mit dem Soldatenmantel die Reise mitmachen werde? Ja? Sehr gut!

Der Professor trabte gehorsam hinter dem Tataren her. Der bucklige Rücken Chisret-Nagims glänzte in fettigen, vertieften Streifen, als wären in diesen Höcker Stücke schmutzigen Specks eingenäht. Gespenstisch lag die Sandstadt da. So hatte Professor Safonow sie sich vorgestellt. Der gelbe Sand lagerte sich in schläfrigen Schichten, die brennend heiß waren. Dem Professor bereitete es ein angenehmes Gefühl, daran zu denken, daß er noch vor einer Woche verschneite Fichten und Bergeichhörnchen vor Augen gehabt hatte. Die ganze letzte Woche war der Waggon noch zwischen Schneehaufen gerollt. Zwischen den Sandstreifen standen ebenso verschlafene

Menschen, und wie im Schlaf vergaß der Professor die unmittelbar vorher erblickten Gesichter. Der Tatar drehte sich oft um, er schien sehr befriedigt zu sein, und jedesmal kam sein Gesicht dem Professor neu vor. So mußte es auch wohl sein: an der Schwelle einer fremden Kultur wandeln schlaftrunken fremde, dieser Kultur nicht zugehörige Leute. Sie sind verträumt, regungslos und fassen schwer, wie das Wasser einen Stein schluckt, einen Gedanken. Nur wer kühn und klaren Geistes ist, wer die Spannung seiner Muskeln spürt – der Professor hatte von dieser Spannung eine angenehme Reizung des Geschmacks –, kann schöpferisch wirken. Seine Schöpfung steht der Wüste nahe, darum ist sie auch so klar und einfach. Er sieht dem Tataren lustig ins Gesicht, und dieser nickt mit dem Kopf: »Gut!«

Den Professor kam die Lust an, seinem Herzen freien Lauf zu lassen oder dem Tataren etwas Angenehmes und Heiteres zu sagen. Er trat mit einem wahren Wohlgefühl auf die Filzdecken, die den Boden der Hütte des Tataren bedeckten. Obgleich er nicht in die reine Hälfte der Wohnung geführt wurde – wohl aus Furcht vor Ansteckung –, war ihm erquicklich zumute. Er befühlte die Bretterwand, lobte: »Eine feste Hütte«, und lauschte teilnahmsvoll der Erzählung des Tataren über die Enteignung der aus Ziegeln gebauten Häuser.

Hier auf dem Filzteppich war Chisret-Nagim-Beys russische Sprache weniger zungenbrecherisch als zuvor, man konnte ihn besser verstehen, oder er wollte verstanden werden. Die Teppiche waren überaus flaumig und weich, die Wände dafür außergewöhnlich fest. Eine Frau brachte Kräutertee, ihre Wangen waren gefärbt, sie sah der Mongolin Tsin ähnlich. Der Professor verneigte sich zur Begrüßung. Niedrige, handhohe Tischchen waren da, Teekessel, wie vom Wind krumm gebogen, Türen mit sauberen Matten behängt.

Ein gold-blaues Licht, das nach Milch duftete, fiel durch die Wand, die Hauskatze spielte mit den Pfötchen an den Fransen.

Der Professor zog das Stück Golddraht aus der Tasche, das er den Bauern verkaufen wollte. Er fühlte sich hier in einer anderen Welt, die für sein Gold Verständnis haben würde. Richtig: kaum hatte der Tatar das Gold leicht berührt, wog er es auch schon auf dem Nagel des kleinen Fingers. Der Professor blickte liebevoll auf diesen spannenlangen scharfen Nagel.

»Noch viel da?« fragte Nagim-Bey.

Der Professor hatte die Absicht gehegt, für das

Stückchen Draht Lebensmittel zu kaufen, er sagte jedoch rasch:

»Viel.«

Der Tatar stand auf und reckte sich. Unter seinem schmutzigen Pelz zeigten sich saubere, gefältete Pluderhosen und ein gelbes Seidenhemd. Nagim-Bey geleitete den Professor in die Lichthälfte der Hütte. Andere Tataren kamen. Nagim-Bey verschwand geschäftig; der Professor begriff, er ging zu den Russen, um die Echtheit des Goldes zu prüfen. Alles geht prächtig, dachte der Professor und trank viele Tassen Tee. Er war in der Wüste, wo viel Tee getrunken wird.

Die Tataren umringten ihn. Der russische Juwelier hatte gesagt, der Draht sei chinesisches Gold, das teuerste und älteste Gold. Die Tataren um Witali Witalijewitsch betrachteten ehrfürchtig seinen schlecht geflickten Mantel, seine Haare von der Farbe einer verblichenen Kröte und seine Goldplomben im Munde. Auf Grund des Goldzahnes entschieden sie:

»Er ist kein Dieb.« Chisret-Nagim-Bey fragte:

»Wieviel verlangst du?«

Der Professor brauchte einen festen vierrädrigen Wagen, vier Kamele, zwei Treiber und so viel Proviant, als für die Reise vonnöten war. Er wollte am

See von Tschulak-Perek vorbei Sergiopol erreichen und von dort über die Heerstraße nach Tschugutschak. Er hatte seine Papiere und Passierscheine in Ordnung. Er erklärte, was es für eine Bewandtnis mit der Buddhastatue habe.

»Ein Buddha, ein Buddha«, nickten die rasierten Schädel.

Sie wünschten den Burchan, den mongolischen Buddha, selbst zu sehen. Der Professor führte sie nach dem Güterbahnhof.

Der rote Soldat Sawoska schlief, den Kopf in den Schoß des Buddha gebettet. Neben ihm lagen Zigarettenstummel. Der Wind hatte sie hergetragen und konnte sie nicht forttragen, so lange hatte Sawoska an ihnen gesogen und über sie gesonnen.

»Mit vier Kamelen kriegt man ihn nicht fort«, sagten die Tataren. Sie quälten sich ab, die Statue auf die andere Seite zu wälzen, sichtlich bemüht, zu zeigen, welcher Kraftaufwand dazugehöre. Bis Tschugutschak seien es fast tausend Kilometer, in der Steppe habe es getaut, die Kamele fänden schlechten Boden. Nein, acht Kamele wären das wenigste.

Sie kehrten zur Hütte zurück, tranken Tee und erklärten sich bereit, den Buddha für den vorhandenen Golddraht bis Sergiopol zu bringen.

»Ich werde andere finden«, sagte der Professor.

Die Tataren stritten. Es sei Krieg jetzt, hinter Sergiopol trieben sich weiße Banden herum, die die Kamele stehlen, die Menschen erschlagen würden. Was könne man schon für den Golddraht kaufen? Schließlich waren sie bereit, vier Kamele zu stellen und den Buddha über Sergiopol hinaus bis zur Station Ak-Tschulisk zu bringen.

Witali Witalijewitsch hielt genießerisch ein fettes Stück Hammelfleisch zwischen den Fingern und legte es auf die Zunge.

Warm und fröhlich sind die Zäune dieser Stadt. Der Professor streicht mit der Hand über sie hin. Der Wind rauscht gegen die Stiefel, begießt sie mit Sand, rieselt über die Hände Professor Safonows, kriecht ihnen, lustig und perlend, in die Taschen nach. Der Professor wandelt im Hofe auf und ab. Die Kamele atmen breit und geräuschvoll. Steppengeruch steigt von ihnen auf: nach Wermut und jungen Frühlingskräutern.

Auch der Soldat Sawoska ist ein erfreulicher Anblick. Er erhebt sich und klopft mit dem Gewehrkolben gegen die Statue.

»Und wenn man sie dir wegstibitzt hätte?« scherzt der Professor.

Sawoskas Beine sind wieder unsichtbar, er ist viereckig und braun wie ein Pappkarton. »Sti – b – itzt? Für wen? Holz wenn er wär, hätt' man ihn längst fortgeschleppt. Sag, Onkel, führst du den Gott da weg?«

»Ja.«

»Und betet man zu so was?«

»Ja.«

»Hm.«

Ein gelbes Sandgerippe ist die Stadt. Die weißen Häuser stehen wie vom Wind hergeweht dazwischen. Ein Tischlerjunge mit einem Stuhl auf dem Rücken, eine Hundeschar, deren Bellen wie Sand raschelt, begleiten die Expedition des Professors Safonow. Die Statue liegt auf dem Wagen, mit Filz bedeckt und mit Stricken eng umschnürt. Das milde Antlitz des Gottes glänzt kupfern, seine Ohren liegen dicht am Kopf an wie bei einem schlafenden Tier.

Traumgleich verschwindet die Sandstadt. Braun wie Nebel sind die Augen der Vorbeikömmlinge, einen Mund haben sie nicht, der Sandschleier hängt gleichmäßig von den Augen abwärts.

Der Wagen rollt schweigend durch den Sand, die Kamele schleudern die Hufe weit von sich, die beiden Treiber schreiten stumm und düster. So verläßt der Buddha die Stadt.

Chisret-Nagim-Bey steht am Fenster und denkt an den lächerlichen Menschen, der ein Stück Kupfer nach der Mongolei schleppt. Chisret-Nagim-Bey hat ihm zugeredet, in der Stadt zu bleiben. Für den Golddraht läßt sich's gut schlafen. Die Filzdecken sind lang und breit, man rollt nicht von ihnen herunter wie von einem Bett, man wacht nicht mitten im Schlaf auf. Chisret-Nagim-Bey denkt an seine vier Kamele, die er dem Mann mit dem Goldzahn geliehen hat. Ein schlechter Aufpasser wird er sein, dieser völlig betrunkene Fremde. Chisret-Nagim-Bey ist's leid um seine Kamele und den Wagen. Chisret-Nagim-Bey sattelt ein Pferd.

Einfach und klar ist das Leben, wie das Gras, wie der Wind.

Vor Witali Witalijewitsch Safonow dehnt sich die Steppe.

»Ho – o!« rufen die Kameltreiber.

Professor Safonow wiederholt:

»Ho – o!«

Die Kamele denken ihr Teil. Die graue Wolle hängt in großen Büscheln von ihrem Rücken. Der Wagen knirscht – sein Weg ist trocken und lang, der

Wagen hilft sich mit diesem Ruf. Mag's von diesem Ruf sein, mag's von was anderem sein – es wird lustiger in der Wüste.

Der Professor fühlt ein fröhliches, knisterndes Ziehen in den Adern. Seine Schultern wollen wachsen, er wirft den Mantel ab und sieht vergnügt nach den Feldmäusen, die sich vor ihren Schlupflöchern tummeln.

»Ho – o!«

Armes Tierchen, es birgt sich in der finsteren Höhle und hüpft wieder ans Licht. Der Professor freut sich seines einfachen und gefühlvollen Gedankens. Dawa-Dortschji, der Dumme, hat es vor der Reise mit der Angst gekriegt. Das Fressen hat ihn geködert, er hat sich in ein Schlupfloch verkrochen wie eine Maus. Witali Witalijewitsch Safonow aber wird das Ziel erreichen. Jetzt sitzt Dawa-Dortschji in irgendeiner Kanzlei und schmiert Akten. Er lehrt die jungen Leute, die alten – solche, wie er selbst einer ist – zu erschlagen.

Der Buddha schaukelt auf dem Wagen. Das Auge des Buddhas ist mit Pferdedecken bedeckt, er zieht verschlafen durch Sand und Steppe.

Junge Kräuter, denen noch der Erdgeruch anhaftet, blühen unter den Füßen des Professors, er pflückt einen Strauß, auch seine Hände duften nach keimendem Erdreich.

»Ho – o!« brüllen die Kameltreiber.

Brauchen die Kamele den Ruf? Sie schreiten und werden schreiten, jahraus, jahrein, solange es Sand gibt und Steppenkraut. Der Mensch braucht den Ruf. Die dünne Stimme des Professors schreit mit um die Wette:

»Ho – ho – ho – o!«

Am Morgen des dritten Tages tauchten auf den sandigen, grasbewachsenen Hügeln vor der Karawane Reiter auf. Einer von ihnen schwenkte an langer Stange einen schwarzen Lappen. Die weißgegerbten Zügel glitten aus den Händen der Reiter, sie schienen mit Pferden ungeübt zu sein und stießen schreckliche, schrille Rufe aus:

»Ji – ji – jij – jej!«

Die Kameltreiber hielten die Hände über den Nacken und warfen sich mit dem Gesicht zur Erde. Die Kamele gingen weiter. Da rief einer der Reiter:

»Tschoch!«

Die Kamele blieben stehen und legten sich in den Sand.

Professor Safonow war ruhig. Die Hände in die Manteltaschen versenkt, ging er den Reitern entgegen. Ein Gedanke flog ihm durch den Kopf: Es wäre richtiger gewesen, eine Bedeckung zu verlangen. Er hatte ein leichtes Schuldgefühl und verlangsamte, während er von der Straße gegen die Hügel abbog, den Schritt. Der Reiter mit dem schwarzen Fähnchen trabte dicht an ihn heran. Die Pferdebeine berührten die Hüfte des Professors, der Geruch schweißiger Haut zog in seine Nase. Der Kirgise hatte ein Gesicht von fast russischem Schnitt, mit dicker Nase und prächtigen weißen Zähnen. Er beugte sich im Sattel vor, warf die Zügel zurück und fragte:

»Wo willst du hin?«

Dem Professor kam sein unbegreifliches Verschulden noch schärfer zum Bewußtsein, und er antwortete etwas hastig:

»Nach Sergiopol. Und Sie, Bürger, wo wollen Sie hin?«

Doch da holte der Kirgise aus und schlug ihm mit etwas Stumpfem und Warmem über den Kopf. Der Professor griff mit einer Hand nach dem Sattel, die andere faßte an seinen Hals. Alles ringsum war glitschig, gelb, bitter, kitzelte ihn in der Nase. Der Kirgise gab ihm noch einen Hieb über die Schulter und stieß dabei einen wilden Schrei aus.

Der Professor stürzte zu Boden.

Die Reiter erhoben allesamt ein Geschrei, sprengten um den Wagen herum, hieben auf die Pferde ein, hielten an und umringten den Buddha. Die Treiber erhoben sich und blickten erwartungsvoll nach dem Hügel. Ein einzelner Reiter sprengte im Galopp herab, auf dem Kopfe trug er eine kleine Soldatenmütze, die schlecht sitzen mußte, denn er griff oft nach ihr. Es war Chisret-Nagim-Bey. Er hatte sich hinter den Hügeln verborgen gehalten. Die Kirgisen schnitten eilig die Riemen durch und wälzten den Buddha in den Sand. »Hierher«, rief Nagim-Bey. Sie hieben ihre Beile in die Brust des Buddha. In der Brust eines Buddha verbergen die Lamas oft Kleinodien, doch die Brust des Buddha war leer. Darauf hieb einer der Kirgisen die vergoldeten Finger ab und steckte sie in seine Hosentaschen. Chisret-Nagim-Bey ging auf den am Boden liegenden Mann zu. Der Mann tat ihm leid, doch die Kamele waren seinem Herzen teurer. Der Kirgise, der den Mann niedergeschlagen hatte, wollte den Goldzahn ausbrechen, doch Chisret-Nagim-Bey sagte streng:

»Laß ihn... soll er mit dem Zahn sterben!«

Der Pfad bog hier von der Straße ab. Der Mann war dumm gewesen – ein kluger Mann hätte den

Weg begriffen. Die Kirgisen wandten langsam die Kamele.

Später, als es Abend war, im Todeskampf, reckte Professor Safonow seine Schultern von der Erde empor und griff mit den Händen um sich: vorwärts, rückwärts, nach rechts... unter den Fingern war Wasser, dickes, zähes...

Doch dieses Wasser war Sand.

Von dunklem, rotem, wundem Kupfer ist die gespaltene Brust erfüllt. Die Brustwarzen hat das Beil zerfleischt. Das stolze Kinn ist vom Eisen besudelt. Die goldenen Finger sind schon weit weg, sie reiben sich an der stinkenden Haut des Kirgisen. Nur die Augen sind hochgerichtet, sie blicken vorbei, empor über den wehenden Sand. Aber niemanden und nirgend können sie fragen: »Wohin soll nun sein Weg den Buddha führen?«

Weil...

Weil ein straffer, steinerner, schweigsamer, von Erdgerüchen erfüllter Himmel über dem Buddha webt.

Einer...

Nachwort

Der Familienname Iwanow ist in Rußland sehr verbreitet, wie bei uns der Name Müller. So kommt es, daß die Russen im Rahmen ihrer Nationalliteratur über mehrere Träger dieses Namens verfügen. Da ist zuerst der große Dichter Wetscheslàw Iwànow (1866–1950), der bedeutendste Repräsentant der symbolistischen Schule, dann der feine Lyriker Georgij Iwanow (1894–1958), der nach Paris emigrierte, und schließlich der noch lebende bedeutende Prosaiker, den wir in diesem Buche vorstellen.

Wsèwolod Wetscheslàwowitsch Iwànow wurde 1895 in Sibirien geboren. Sein Vater war Dorfschullehrer und endete tragisch. Unser Dichter hatte eine schwere Jugendzeit, es ging ihm nicht gut, und so lief er schon mit fünfzehn Jahren aus der Schule und fand in einem Zirkus Unterschlupf. Dort trat er als Clown auf.

Nach einem kurzen Intermezzo an einer landwirtschaftlichen Schule wurde er Schriftsetzer, indes ging er bald wieder zum Zirkus zurück, wo er sich als »Fakir« und »Derwisch« produzierte. Sehr unterhaltende und farbige Erinnerungen an diese Zeit findet man in seinem interessanten Roman »Die Abenteuer eines Fakirs«, der 1935 erschien.

Iwanow schrieb seine erste Erzählung als Einundzwanzigjähriger. Sie wurde in einem sibirischen Lokalblatt gedruckt, und dieser Umstand ermutigte ihn, seine nächste Erzählung dem Dichter Maxim Gorkij zu schicken, der damals in Petersburg eine Zeitschrift leitete. Gorkij ermunterte ihn, weiterzuschreiben, beschwor ihn aber, zu lernen und zu lesen. »Ich las sehr viel, der Kreis meiner Lektüre reichte von Dumas bis Spencer, von Traumbüchern bis Lew Tolstoi«, sagte Iwanow und fügt später hinzu, daß er in den Jahren 1916 und 1917 mehr Bücher gelesen habe, als er vermutlich während seines ganzen weiteren Lebens lesen werde.

Dann brach Ende 1917 der Bürgerkrieg aus. Iwanow kämpfte zuerst (immer noch in Sibirien) auf Seite der Weißen, wurde gefangengenommen und entging nur mit großer Mühe dem Tode durch Erschießen. Danach kämpfte er in den Partisanenscharen der Roten. Aber er schrieb immer weiter, und 1919 erschien sein erstes Buch Erzählungen, von ihm selber gesetzt, gedruckt und herausgegeben.

Gorkij, der inzwischen eine Art Literaturpapst der bolschewikischen Bewegung geworden war, half ihm, 1920 nach Petersburg überzusiedeln. Hier schloß er sich der besten Gruppe der neuen russischen Schriftsteller an, den »Serapionsbrüdern«, denen unter anderem Samjátin, Tíchonow, Fédin und Sóstschenko angehörten.

Nun ging es rasch weiter. Buch folgte auf Buch, Erzählung auf Erzählung, darunter kleine Meisterwerke wie der Roman »Panzerzug 14-69«. Seine Vorliebe für das so bestechende sibirische Milieu gab seinem Schaffen eine sehr ausgeprägte folkloristische Färbung, und viele Kritiker bezeichneten ihn als den genialsten unter den »Serapionsbrüdern«.

Der kleine Roman »Die Rückkehr des Buddha«, den wir hier vorlegen, erschien 1923. Man hat ihn als den Höhepunkt des Schaffens unseres Dichters bezeichnet. Der Literarhistoriker Gleb Struve hat für Iwanow die Bezeichnung »typischer revolutionärer Romantiker« geprägt, ein gutes Wort, da es die hervorstechendsten Eigenschaften des Dichters trifft. Auf jeden Fall muß jedoch hinzugefügt werden, daß das weitere Schaffen Iwanows keine nennenswerten Erfolge aufweist, mit Ausnahme des oben genannten autobiographischen Romanes.

Unsere Übersetzung folgt nicht dem umgearbeiteten Text der achtbändigen Gesamtausgabe (Moskau

1958–1960), sondern einer früheren Buchausgabe, die frischer und geschlossener ist als die Bearbeitung. Die Transkription der Namen und mongolischen Ausdrücke ist vielfach umstritten. In Fachwerken findet man öfters dasselbe Wort in verschiedenen Fassungen. Der Übersetzer hat aus vielen Erwägungen heraus die russische Transkription beibehalten (z. B. Gygen statt Gägen). Man merkt es der Erzählung an, wie intensiv sich der Verfasser mit der Geschichte und Mythologie, die in sein Thema hineingewoben sind, beschäftigt hat.

Der Verlag

Die in diesem Band vorliegende Erzählung
wurde ins Deutsche übertragen von Erwin Honig
Typographie Richard von Sichowsky
Satz und Druck Passavia Passau
Papier Scheufelen Oberlenningen
Einband Ladstetter Hamburg
© 1962 by Verlag Heinrich Ellermann
Hamburg und München
Printed in Germany
Alle Rechte vorbehalten